光合|作用
GUANG HE ZUO YONG

光合 | 作用
GUANG HE ZUO YONG

经得起回味的暖

朱成玉 著

新世界出版社
NEW WORLD PRESS

图书在版编目（CIP）数据

经得起回味的暖 / 朱成玉著 . -- 北京 : 新世界出版社 , 2017.3
（光合作用书系）
ISBN 978-7-5104-6085-2

Ⅰ . ①经… Ⅱ . ①朱… Ⅲ . ①散文集－中国－当代
Ⅳ . ① I267

中国版本图书馆 CIP 数据核字（2016）第 310576 号

经得起回味的暖

作　　者：朱成玉
责任编辑：董晶晶
责任印制：李一鸣　王宝根
出版发行：新世界出版社
社　　址：北京西城区百万庄大街 24 号（100037）
发 行 部：（010）6899 5968　（010）6899 8705（传真）
总 编 室：（010）6899 5424　（010）6832 6679（传真）
http://www.nwp.cn
http://www.nwp.com.cn
版 权 部：+8610 6899 6306
版权部电子信箱：nwpcd@sina.com
印　　刷：中印南方印刷有限公司
经　　销：新华书店
开　　本：787mm × 1092mm　1/16
字　　数：200 千字　**印张：**15.5
版　　次：2017 年 3 月第 1 版　2017 年 3 月第 1 次印刷
书　　号：ISBN 978-7-5104-6085-2
定　　价：32.80 元

目录

CONTENTS

经得起回味的暖

| 第一辑 | 把世界当成一朵莲花来爱

| 第二辑 | 爱我的人请乘火车来

｜第三辑｜每朵云都是一张亲人的脸

| 第四辑 | 哀伤的特快专递

｜第五辑｜像夏日的黄昏缓缓降临

丨第六辑丨那些安分守己的忧伤

| 第七辑 | 请为蒲公英祝福

第一辑

把世界当成一朵莲花来爱

自己做自己的火焰，心灵才不会挨冷受冻；自己做自己的上帝，祷告才不会孤独地飘在风里。即便有一天老去，也不必伤怀，时间的拐杖，会轻扶着你我，不让我们在悲伤里猝然倒地。

时间的拐杖

我看不见时间的白色绒毛，却感受到那双巨大翅膀的飞翔。

在不同的人心里，时间扮演着不同的角色，有时候是恶魔，有时候是天使，时间带给你煎熬，也带给你愉悦。

周传雄在歌中唱道："感情像个闹钟，按一下就停。"

阿赫玛托娃在诗中写道："我活着，像座钟里的布谷鸟，我不羡慕森林中的鸟儿们。上紧了发条，我就咕咕叫。你要知道，这种命运，我仅仅希望，仇敌才会拥有。"

年轻人即便穿着时间的跑鞋，也跑不到时光的前头去；年老者拄着时间的拐杖，也不会被光阴落下太远。时间就是那样的东西，你快，它也快；你慢，它也慢。

时间，是一个人心灵的疆域。

和厌恶的人独处，一天犹似一生漫长；和心爱的人相拥，哪怕一秒，也是永恒。

早晨在公园锻炼的时候，看见一对老两口步履蹒跚。显然，老头儿的脑血栓看起来很严重，在一个小栏杆前，怎么迈也迈不过去。老太太在那边急了："你给我刚强点儿，就这么个小栏杆，今天迈不过去咱就甭想回家了。"看着老头儿一次次无功而返、满头汗水的样子，我实在不忍，走过去想帮他一把，没想到凶狠的老太太连带着把我也一顿呵斥——"不许帮他！"

我不禁有些不悦，这好人还做错了吗？

老头儿咬了咬牙再一次抬起腿，成功了。老太太转怒为喜，拿着毛巾给老头儿擦汗，对我也是歉意有加——“小伙子啊，大娘知道你的好心。可是，你扶的，只是这么一次；我扶的，却是他的一辈子啊。”

老太太接着说：“我们都没有太多的时间了，更别说可以自己走动的时间了，所以啊，我得让他再多走几步。”

多走几步，那是老人在用蹒跚的脚步多吻几次今生的路。

看过这样一个故事：一个农妇在墓地为她亡去的丈夫哭得死去活来。一位哲学家路过，劝说她节哀顺变，并列举了从古至今的诸多伟大人物曾遭受过的比她失去丈夫更大的不幸，“可他们不都很坚强地好好活着并做着他们伟大的事业吗！”然而，农妇对此充耳不闻，仍旧一味地哭泣。哲学家很为农妇的愚昧生气，转身走掉。

过了一些时日，一天，农妇前去为亡夫扫墓，意外地看到哲学家在一座新坟前痛哭流涕。在哲学家断断续续的诉说中，农妇才明白，原来哲学家刚刚失去了他的小儿子。农妇不太会说话，便想到用上次哲学家安慰她的话去安慰眼前这个伤心的老人。“这没有用！”哲学家老泪纵横，“说什么都没有用，我的心都碎掉了。”

时间又过去了不知多久，一天，两人在田野中再次相遇。从对方平静的神态中，他们看出彼此都已从往日的伤痛中走了出来。

这个故事的本意是告诉人们：当伤害来临时，要试着去拥抱它，像拥抱一棵荆棘树那样。人，终究要靠自己来站立。

我从中感受到的却是时间的魔力！

每一种或惊喜或悲伤的经历都只是一种经过，从现在开始，每一步，都走得真实，像一朵花不再为蝴蝶的赞美而开放，但它开放；不再为秋天的一滴眼泪而凋零，但它凋零。

在大自然里，没有悲怨，也没有疼痛，只有一种经过。像雨滴经过天空，经过房瓦，经过屋檐，掉下来，在地面上溅起水花。水花经过尘土，经过流动和静止，以及，风和云的幻化，或者下沉，或者上升，无意执着于一场相遇，也无心挣扎出一份永恒，就那么天收地藏，没了影踪……终于把自然和自己的人生融在一起。

终于知道霜林尽染和悲哀无关——是自然经过了它。是的，我们的生命必然要被自然经过的，而我们，经过情感！

“世界这么大，找不到一个可以面对哭泣的人。落日下的山河，该消失的都消失了，唯余你我。最冷的日子，把自己披在身上取暖。”（当代著名诗人大卫语）

自己做自己的火焰，心灵才不会挨冷受冻；自己做自己的上帝，祷告才不会孤独地飘在风里。即便有一天老去，也不必伤怀，时间的拐杖，会轻扶着你我，不让我们在悲伤里猝然倒地。

被落叶惊醒的下午

秋无声息地从命运的缝隙间穿过，直抵我的门前。在那个阳光明媚的下午，我依然在稿纸上晾晒着年轻的往事。直到一片落叶跌到稿纸上，我才猛然惊醒。叶落而知秋，是秋来了吗？不知不觉将你的脸化妆出一点沧桑的味道来。记忆中的一些面孔，一些曾经弥散着香蕉味和苹果味的名字，开始纷纷在这个窗口和你约会。

我惊醒，在这个下午。长长的火车在窗外飞驰而过。我感觉到青春就在那列火车上一刻不停地奔跑，穿过一片火红的枫林、一片沉寂的湖泊，离我越来越远，渐渐听不到一丝声响。

果真是秋来了呵！我颓然地伏到桌面上，像一个被忧伤腐烂的苹果，甚至无法从左手传递到右手。翻遍身上所有的口袋，里面揣的全是湿湿的怀念。

忧伤的萨克斯是秋天的，我不敢倾听，怕心灵的弦被忧伤扯断；滴血的天鹅是秋天的，我不敢观看，怕湖面上的绝唱哑了我的喉咙；叶赛宁是秋天的，我不敢去吟诵，怕触摸到蓝色的眼泪；川端康成是秋天的，我不敢去读，怕读到他《临终的眼》……

风吹走了喧哗与躁动，秋天只剩下果实，赤裸裸地挂在枝头。没有花的陪衬，没有叶的修饰，性感的果实迫不及待地滚落到地上。

果真是秋来了呵！我不再奔跑，而是静静地坐下来。抽屉里装满往事，笔尖上流泻出对那些逝去的美好事物的留恋。喜欢守着炉火，静静地翻阅年轻时代的相册。一切都淡了、远了，一杯茶就足以消磨一个下午，一个简单平凡的工作就消磨了一生。

或许这本就该是个怀念的季节吧。我有些悔意了，为我终日里不曾关闭的窗子。总该留住些什么吧，哪怕仅仅是一枚叶子、一瓣蝴蝶翅膀。让这些年轻而美丽的外套永远夹在我的书页里，贴在我的心扉上，装饰我的生命。

收割的镰刀把一切都割倒了。我学着那些被割倒的稻穗，温柔地躺下。土地是炙热的，像我来不及表白，仍在心中翻滚的爱情。

又有叶子跌落到稿纸上，又有火车在窗外飞驰而过。青春真的离我远去了，在我看不见、摸不到的时间的深渊。抚摸着怀中那枚又红又大的苹果，无数次问自己：你的青春是否完成了灿烂辉煌的使命，像这苹果，在高高的枝头唱响生命的歌，直到有一天，光阴腐烂了我们的身体，但仍会有一枚不死的干净的果核，微笑着植入地下，孕育一棵更高大更伟岸的树，守在一个个季节的风口。

每个人都不可避免地要迈进秋的门槛，每个人都要在纷飞的花瓣间拾回自己的心灵。红色的花瓣落在头上的时候，是一种幸福的象征。白色的花瓣落在胸口的时候，有些疼痛，是对逝去青春的默默的怀念。而我们还有很多很多的路要走，还有很多很多的脚印要来这个秋天会合。秋只是那漫漫征途上一个美丽的小站，秋本不该是尽头，秋天依然蓄着激情与希望。

走遍秋的每一个路口，读尽秋的每一缕皱纹，我告诉自己，就这样赖在秋天不走吧，哪怕站成痴痴的树，脱落一件件激情的外衣，哪怕站成呆呆的人，任凭那杜鹃声声，杨花满袖。

哪怕剩下最后一双草鞋，也要奔走，哪怕剩下最后一棵草，也要当作旗帜。

秋是斑驳的秋，像皱纹，像网，像风雨洞穿的叶子；秋是朴实的秋，像卸装的演员，洗尽铅华，素面朝天，像历尽沧桑的老人，卸下所有的债，扔下许许多多的牵挂和念想，在身后。

我平静，如这秋日的湖面。尘埃落定，静静的秋的天空，缀着几块干干净净的手帕，随时可以拧出眼泪来——那是轻轻敷在离家在外的游子们伤口上的补丁。

我宁愿舍弃布满草莓与红唇的春天，宁愿舍弃玫瑰与阳伞一起盛开的夏日，转身走进这秋，一生也不回头。

月亮掉进水缸

爱人逃跑了，爱人惧怕我的火焰，厌倦了倾听贫穷的风声。

可我还能燃烧多久呢？像年轻时代的蜡烛，挺直腰身，矜持而骄傲。还能明亮多久呢？像空中悬着的月亮，易碎而又永恒。

易碎而又永恒，这正是我要表达的爱情。从古至今，爱情中的伤者比比皆是，也正是这些伤者，提着一盏盏悲剧的灯笼，从古代的桥上一直走到今天，让一个个空虚漫长的夜有了装饰和点缀。例如一闪即逝的英雄，总是担着一生流泪的花朵：貂蝉的唇，被自己的血涂红；虞姬的血，让一把利刃更加寒冷……还有那些傻傻的书生，那些驮着月光、在爱情的门前咯血的狐，他们还在寻找吗？为了爱，扔掉眼前的一切繁华。还在燃烧吗？为了爱，将自己的一生付之一炬。

“照他几许人肠断，玉兔银蟾远不知。”月亮本是无情之物，人是多情的，往往视月亮为可以信赖的知音、永久闪着诱人光亮的爱情的瓷。人们对着她许愿，说心底隐藏得最深的秘密，劳烦她当邮差，捎去一份思念。

今夜，她便是我永不会逃跑的爱人。

她是个善解人意的女子，随你的心情忽缺忽圆。在那些忧伤的时间里，我总是用一口大大的水缸将她囚禁，看她裸着白白的身子，在我的眼前沐浴。

月亮掉进水缸，让我一下子分不清了这孪生的姐和妹。天上的你和水缸中的你，我该爱哪一个？天上的你无法追寻，水中的你，不敢触及。

我是一个惶惶恐恐的孩子，站在两个你之间，丢掉了魂魄。

我不停地旋转着酒杯，静静地欣赏跌进杯子里的灵魂，它时浮时沉，忽暗忽明，在小小的酒杯里随波逐流。我不停地问自己，是不是将酒杯打碎，灵魂就会四处流浪，一病不起？

我不停地旋转着酒杯，静静地欣赏着自己灵魂的舞蹈。月亮忽然掉了进来，我的灵魂一下子安静了，在祥和的月亮的抚慰下，我的灵魂静得像一颗衰竭的心脏，只剩下平静的喘息，只剩下回忆。

往事的红唇啜着我的酒杯。月亮，那蓝色的温柔是多么危险的诱饵啊，我陷进去，任怀念的羽毛纷纷落下，盖住一些人的名字。

忘了世界是怎样慢慢熄灭的，也忘了是哪一双手将月亮偷偷点亮的。在这个阳台上，我感到所有的花朵都睡去，只有空中那一朵，醒着，在我的凝望中，在我的谛听里。那是我在这个城市里唯一的亲人，唯一的一盏灯。请不要灭，让我顺着那微弱的光亮，找到幸福的屋檐。

那是被遗忘了很久的爱。她闪烁的眼睛指引着人的生老病死；她温柔的翅膀轻抚着灵魂的疼痛。在她的城堡，我愿意是那个输得精光的赌徒；在她的淡水河边，我愿意是那个被淹死的酒鬼。如果我在流浪，她就是我夜夜取暖的篝火；如果我在写诗，她就是我最疼最疼的那枚字眼。她在湖边，也在沙漠里，在灿烂的阳光下，也在狂风暴雨里，在迪斯尼乐园也在贫民窟，在和平的世界也在战乱的中东，她充盈在空气中，供人们自由呼吸，她“是人类最完美的宗教”，“给我们解开一个个不死之谜”。

我在月光织成的湖里举杯畅饮。邻居家的老人走过来劝我说：“小两口吵架不算个事，破镜都可以重圆，何况是缺了边儿的月亮……”

本来是借酒消愁的，不想与这美好的月亮邂逅。她把我的寒舍镀成了天堂，守着她，能把一个个寒苦的日子都捱过去。

我游在月光之湖中，不想靠岸。我想拥有真正的爱情，不是门当户对的那种般配，也不是媒妁之言的乱点鸳鸯，更不是金钱买卖的交易，而是任秋水纵情泛滥，抱着一根桥柱苦苦守候的爱情，是两条将死的鱼，在一个浅浅的车辙里相濡以沫的爱情。

我想拥有真正的爱情，想在尘世的沙滩上领略幸福的台风。

月亮在高高的地方承受着世人的仰慕，人们有时拿她当信纸，倾诉一生的际遇，有时拿来当手帕，擦拭灵魂深处的眼泪。

爱人不是飞蛾，爱人不会再回来。但我依然要燃烧，用清贫的火把蜡烛的一生吻遍，用褴褛的衣衫将遍地的月光收藏。

月亮，这爱情的瓷，正闪着蓝色的温柔，诱惑我。

她夜夜悬在空中，被内心充满爱的人奉若神明，被漠然麻木的人束之高阁。

把世界当成一朵莲花来爱

已近午夜，仍迟迟不肯睡去。总在固执地相信，这世上肯定有一双翅膀，在所有脚步停歇的地方飞翔；有一枚花瓣，在所有花香沉睡的时候独醒；有一双眼睛，在所有火焰熄灭的地方燃烧；有一把提琴，在所有声音喑哑的时候歌唱。

不是我心灵上盛开的花瓣，请不要挂满我的露珠，不是我杯中浮起的月亮，请不要沾惹我的泪水。我固执地想要飞走，不管曾在这里留下多少脚印、多少花香、多少火焰、多少歌声。我要飞走，把颗粒大小的背影也带走。我是个完美主义者，一个失败的习惯幻想的人。我要到陌生的地方行走，我要去高高的枝头经历风寒。

我终于愤怒地撕掉了那些被墨水腌渍过的稿纸，上面有我泛滥不息的谎言和唾液。我知道我曾经卖掉过我自己，像我的笔为了一些稿费卖掉我的纯洁和真实，像我的影子为了前程跑到灵魂的前面去。

在这个夜里，我消失了，正在与夜融为一体。

我终于没有再次点亮蜡烛，我站在窗前，等着月亮出现。

许多年了，都是这样悄然走过。眼睛还是那双眼睛，笔还是那支笔，却知道了把守自己。尽力不要再写出那些不干不净的字来，让思想中永远有睡莲的芳香。那一张张洁白的稿纸，是值得珍惜的雪地，还有映在上面的月光，是遥远的年代里流传过来的美德呵。

月亮迟迟没有出来，哪怕只露出一抹短暂的微笑，也能救我。我被捆缚在时间的雨里，任思念生满青苔。

莫奈在晚年画了许许多多的睡莲，他是如此钟情于睡莲，据说他临终前的遗愿竟是让人把他所画的睡莲置放在一个圆形的展厅里，让观众沐浴在这个“睡莲”盛开的“池塘”里。

多么美的一个愿望啊，可是有谁知道，莫奈这一幅幅安静的、精美的睡莲，竟是在病魔缠身的妻子撒手人寰的时候画出的。他能画出涂满阳光的精品，却没钱医治常年卧病在床的妻子，没钱喂养两个嗷嗷待哺的孩子。

这到底是谁的过错？

总以为厚厚的窗帘一拉上，便与这世界断了音讯。无奈电视和网络、杂志和晚报，仍在继续一幕幕恐怖袭击、飞机失事、自杀性爆炸、宗教冲突，一个混乱的世界，一个战火纷飞的地球。

哎，世界就是有这么多的烦恼。还是这个夜好，看，月亮终于出来了。靠近零点的门框里，一朵睡莲诞生了。它是燃起整个世界的那盏巨大灯笼的灯芯！

在这个夜里，我把丢失的一切都捡回来了。我把它们一一摊开，在生命的卧床上，像一只鸟梳理着自己的羽毛。我是那么愿意和它们，和每一个深深的夜、每一双凝神的眼睛，在这个世界的最深处推杯换盏，以心交心。

我渐渐忘却了白天发生的一切，我不再关心物价、住房和股市行情，只有一些老去的旧事，在眼圈里慢慢浮肿，并罩上一层月亮的光环。

既然，醒着有那么多的烦恼，那就睡下吧。睡了，这个世界就是一朵莲花。

一朵纤尘不染的莲花。

风是不睡觉的鸟

是风把整个夜晚连接起来。从一棵树到另一棵树，从一朵花到另一朵花，从一滴露水到另一滴露水，从一个梦到另一个梦。风神操着巨大的口袋，向外倾倒这些没有翅膀的乱飞乱撞的鸟。

这个夜里，只有风在穿行，在聚集，聚集之后再散开。

不管风如何暴躁，它终究还是感动了我。它似乎正在试图唤醒什么，像那些不停探究人类心灵秘密的大师。它把整个夜里的花朵放进摇篮，它把整个夜里的鸟赶往天堂。在爱还没有消逝的地方，它的长发，飘成了夜里令人感动的旗帜。它让我相信，在比夜更深的地方，一定有比夜更黑的眼睛、比风更沙哑的喉咙、比棋子更沉重的脚步，在凝视，在歌唱，在行走。

遥远的一点亮光是什么？是慈母等着疲倦的游子归来，是新娘为河对岸的新郎举着心灯，是失魂落魄的酒杯聚到一起，是回忆的萤虫辛苦积攒的灯笼……

我相信每一颗星星都有难言的心曲，相信每一块石头都有一个美丽忧伤的故事，我和风一样，是不睡觉的鸟，在夹缝里也能舞蹈，在低凹处依然积蓄着歌声，生命太美，它的每一个角落都让人不忍错过。

这样的夜，我把自己关在屋里。屋子的四周都是敞开的窗子，仿佛那个全身都在漏水的古希腊诗人。风在我的屋子里自由地打着旋儿，欢快地舞蹈。我坐在屋子中间，任由风掀起弥散着古典气味的长发。我并不想在这个季节里留下言语，所以我默不作声，任凭时间滴滴答答淌成小溪。

我是个嗜睡的人，但今夜，我和风一样，都是不睡觉的鸟。自然中的清香调和成一种特别的气味，各种各样的鸟鸣是无须人来指挥的天籁之音，让我在敞开窗子的夜里醉了。

传说中有一种鸟是没有脚的，它们只能一直飞呀飞，累了就睡在风里。它们一辈子只下地一次，就是死的时候。

这便是我在这个夜里选择的姿势：坚持到底。坚持使我渐渐成为风，成为猎猎作响的胜利的旗帜。

我不忍睡去，我是不睡觉的鸟。我想和风一起，用自己的鸣叫唤醒那些美好的事物，陪着我生生不息地流淌。如果贫穷将我埋葬，我会禁不住放声歌唱；如果流言将我风干，我会等到鲜花怒放。我不是最早到达这个世界的人，但我却是最不愿撤离这个世界的人，我珍藏这一切，包括黑夜，包括深渊。

这是一个需要用梦来交换的夜晚，在我胸膛里的火焰即将枯萎的时候，我把梦无私地交出去，唤回一个宁静得只有风声的夜。我放弃睡眠，放弃耷拉在枕边的梦，我对自己的心灵有过一个承诺，要给它自由，给它安宁，尽管贫穷，但要时时刻刻听着风声，尽管微弱，但要分分秒秒坚强地亮着。

风在夜里领唱，风把整个夜晚从零点开始分成两半，前一半是记忆的湖水，后一半是畅想的海洋。

月亮清凉凉的，像恪守妇道的贞女，把牌坊标榜到了空中，让尘世的眼睛接受礼教。在今夜的月光下，我是一个眉清目秀的美人，是一只口含香气的子规，因为我怀揣着世上最美好的心愿。

夜正在慢慢地整理书包，像一个急着放学的孩子，带上种种新奇的想法和少年的一丝梦想的灰烬，向黎明的校门奔去。

在淡了一些的幕布上，我看见了另外两个和我一样不睡觉的鸟，一个刚刚走过荒原，一个坐在石头上，满目怅惘。一个是库切，一个是已经走远的路遥，他们正在试图唤醒沉睡的世界。库切眼中的生活就是不停地“在用鼹鼠打洞扒出的泥土造山”，他质问自己的灵魂：“所有其他的人都跟生活妥协了，为什么你就不能够？为什么你就不能够？”库切坚持着，在夜的黑里搜索着照耀人心的思想。路遥的早晨永远是从中午开始的，因为他要在夜里与平凡世界里的人们对话，他要在夜里躲避艰苦生活对他的打击。他们让我相信，这个世界是美好的，让人的心头始终悬挂着一盏灯笼。不管夜的黑绸裹住多少龌龊与卑污，不管灯红酒绿中又成交了几桩交易，毕竟是有黎明的，每一次黎明都让人的生命为之一振，每一次黎明都为人的灵魂注射了一支钙针。

我从今夜渡过去，从思想的水面渡过去。我的身体是一个空空的筏子。我渡过去，鞋子却湿漉漉地留在这里。它暗示着，我仍将歌唱着上路，仍将展开自由的翅膀，守在黑暗的夜里，和风一样，做一只不睡觉的鸟。

关于狐的一张 CD

那么薄的一扇窗子，最微弱的风也能将它吹破。狐微闭双眸，从内心搬出咒语，将它紧紧地罩住，不让一丝风惊吓窗子里睡熟的书生。

狐轻轻地将书生手中厚厚的诗书扔掉，那是书生用来换取功名的一块块砖。这些砖，铺在通往仕途的路上；这些砖，正在压扁一颗疲惫的灵魂。狐将压在书生心头的砖块拿掉，把自己温热的手送入他的手中。这就够了，书生已经在梦中与她相爱了。幸福就这样乘虚而入，悄悄降临，蹑手蹑脚地，像雾，像懒惰的猫，甚至带不动一丝风，惊不起一粒尘土。

狐在屋子的周围栽满蜡烛，狐在营造一座天堂。这些，睡熟的书生一无所知。

狐把雪地上所有的脚印盖住，想让自己迷失，想让自己永不回头。狐知道，在自己的路上，只有激情能熄灭激情，只有伤痛能埋葬伤痛。在狐的内心，爱是永恒的方向。

那样的夜晚，注定要孕育出爱情。天上的月亮为情守夜，地上的狐为爱咯血。柔弱而又坚强的狐，在雪地上很古典地燃烧成不熄的火焰。

书生醒来了，寻找遗落的诗书。他把诗书握在手里，却再也无心翻阅。他不知道自己已置身天堂，他不知道狐已经住进了他心底的洞穴。

那么薄的一扇窗子，甚至一瓣雪花都可以将它压垮。狐，再次从内心搬出咒语，温柔地将它缠绕，不让一瓣雪花落进爱人的心里。

狐，带着墨香，带着古典的尘，姗姗躲入书生的怀——书生的藏满爱意的井。

一张关于狐的 CD 在漫天的雪花里读完它的最后一秒，可是它栽在我心头的火焰并没有熄灭。曾经歌唱着从青春的中心走过，又满怀忧伤地将昨天的风花雪月刻录成光盘反复播放。总想再找回一些年轻的感觉，再找回一些年少时因为无知而带来的喜悦。轻易地说爱又轻易地抛弃，太多的承诺里早已没有了承诺。当幸福的时光需要回头去看的时候，才知道生命中有一些美好靠承诺无法拴住，有一些誓言用梦的手臂也无法缠绕。

有时，命运是一个刽子手，持一把利刃，干净利落地切割着生活。在它面前，没有完整的昨天和今天，只有明天是完整的，因为明天在想像中，在期盼里。

一场轰轰烈烈的爱足以融化漫天的雪花，就是这些狐一样的，提着一盏盏悲剧的灯笼走来的情种，为我们的灵魂撒满了雪花。她们用真实抵御着这个世界铺天盖地的谎言；用柔情缠绕着这个世界如履薄冰的冷酷；用爱意化解着这个世界的刀光剑影、血雨腥风。

一张关于狐的 CD 在寒冷的夜里拯救了我，让我的心灵找到了退路。这个世界里仍然挺立着一种叫真爱的植物，它们郁郁葱葱地荫护着一群美好的心灵、一群向天堂疾飞的鸟。

真爱其实就在身旁，妻子用一块一块爱的砖头垒出美丽的家，用一根孤单的毛线日夜不停地将爱缠绕，缠绕成温暖的毛衣。真爱在这个早晨像隐匿在花蕊中微笑的露水，在这个黑夜像燃烧在角落里流泪的蜡烛，让人想起多年前看过的一部外国电影里的一句台词，女主人公面对猝不及防的爱情喃喃自语："风能躲过，雨能躲过，只有爱情怎么躲也躲不过。"

回忆长着双脚，跟着我奔跑

日历越翻越薄，时光纷纷飘落，一些人试图用他们的篮子去盛装，去挽救不可复还的光阴，可那些缝隙终究还是泄露了他们最初的秘密，泄露了怅惘，泄露了哀怨。于是一首歌唱道："那些照片早已烧成了灰烬，可那些回忆怎么点也点不着。"

不管你骑着单车还是坐着地铁，那些回忆总是一路奔跑，如影随形。人的一生什么都可以丢掉，只有记忆，或美好或悲伤的记忆，是你永远甩不掉的绳子。

有些人在回忆里欢笑，有些人在回忆里悲伤；有些人在回忆里一路顺风，有些人在回忆里闯了红灯；有些人在回忆里垂垂老去，有些人在回忆里抽枝发芽；有些人在回忆里忏悔，有些人在回忆里等待。

等待是否就是深爱？有人这样问着身后那些追逐而来的回忆。那个人迟迟不来，于是，等待的人儿，慢慢老去。情感就在漫漫的时间里一点一点发酵，常常醉得相思的人一塌糊涂。

是深爱着要等的人，还是深爱着等待的感觉？这样的等待就像和自己谈的一场精神恋爱，无比希望又无比绝望。也许等到最后，变得和爱情无关，只是成了生命中一个根植很深的习惯，只是在精神上给自己找到了一份差事。这样总比无事可做好得多，而且他们相信，等下去，梦就不会停止。

以爱情的名义开始的漫长的等待，美得如同一部忧伤的童话。当爱已成往事，记忆就留在心底，一生无法挣脱。这时候才发现，站在原地等待，穿梭于记忆的丛林，等待被爱找到的一刻，竟也是一种艳若惊鸿的美丽。

“若我伸出手掌，那一定是在等你把手递过来，轻轻吻合，十指紧扣。”

在我的城里，我常常看不到高楼，只看到仰望高楼的人。有人说，他们是在仰望幸福。一座浮华的城市像巨大的旋涡，生在其中，你爱它，或者，你恨它吗？每个人都有他伤心的故事，每个人心里都有一座伤心的城，每个人都被伤心诅咒过。有人浑然不觉，有人无法自拔，有人选择把伤害传递下去，和自己的伤口纠缠撕扯，至死方休。

酒之所以好喝，是因为它难喝。人也是一样，正是因为有了太多不顺，才有了走下去的欲望。但贪杯伤身，对自己的伤口嗜痂成癖，又何尝不是如沉醉于酒精般上瘾痴迷。所以有些人不和他的伤心回忆过分纠缠，只和它玩着追逐的游戏。

是回忆追逐着我们，还是我们追逐着回忆？

痴情的人们说：“我不怕自己一天比一天苍老，不怕风口浪尖上冷冷的言论。只是怕我们最终在人潮里失散了彼此的眼神，消褪了彼此的声音，怕那些惊心动魄的回忆苍老在琐碎的生活里，怕我们所有的美好，我们只属于对方的，那独特的声响，最终不再被唤起。我们最终会失去对方，不由自主地被推向各自的人生……”

既然如此，不如带着记忆去生活吧。就像揣着一张高清晰的碟片，随时随地播放着两个人相爱的影像，这样总好过一个人，守着寂冷，郁郁一生。

于是听到那首歌继续唱着：“那些日子早已经无处寻找，可那些回忆跟着我奔跑。”

请原谅一颗金属般的脑袋吧，终生都是那么浪漫主义死性不改，直到世界灭亡，依然对爱渴望。

鸟是上帝的客人

冬天，瑟瑟发抖的乌鸦，披着厚厚的雪，从一棵树到另一棵树，拣尽寒枝不肯栖。

它让我想起母亲，想起一段衰老的时光。因为劝诫，它的声音沙哑；因为寻找，它的眼睛比黑夜更黑。

陪我走过很多路的乌鸦，就这样渐渐瘦了，像一滴墨汁，正被无边无际的雪悄悄吸干。

一个早晨，我的一只蓝色的鸽子死了，僵硬的尸体在房檐上凝成一尊小小的雕像。中午的阳光将它头顶的雪一点点地融化，流过它忧伤的眼睛，流过它精致的喙，仿佛哭泣时的眼泪。

鸽子死了，目光仍紧紧地咬住天空不放。

我的一生都不曾丢弃对这只鸽子的怀念，它的翅膀曾亮开自由的歌声，让一个少年在忧郁的黄昏因为听见鸽哨而写下他的第一首诗。

终于，它来了，衔着春的袖口，逼迫严寒让路。终于，它来了，一把锋利的剪刀，剪断最后一根与冬天有关的脐带，让我们诞生。

燕子挺着骄傲的胸脯，闪着墨绿色的光彩，无所顾忌地穿过我的房间，我感觉幸福在蹑手蹑脚地轻扣我的房门。

燕子越飞越低，越飞越靠近人心，它告诉我：故乡已是春暖花开。

麻雀是夏天里最平凡的一群饶舌的婆娘。

它们三五成群，为一地鸡毛的琐事在一棵大树上聚会，又为一些小小的谣言一哄而散。它们从不迁徙，死心塌地地守着家，不停地往巢里铺垫柔软的草和快乐的阳光。我轻轻地关上窗子，不去惊扰它们拾掇自己的家，房顶上的炊烟笔直笔直的，我听见了它们快乐的争吵。

比起其他的鸟，麻雀更多的时间是蹲在地上，仔仔细细地拾拣着生活。

那棵树上一共有多少只麻雀？我在阳光下快乐地数着，数着数着，就把自己也数了进去。

到了夜晚，便听见了杜鹃的哀啼。

杜鹃栖在夜的胸脯上，用血清洗着一盏盏黎明的酒杯。

在太阳变冷的山脚，在月亮扎根的地方，杜鹃绽放的哀鸣，让夜加快了焚烧。

让风吹过来吧，在黎明前，让我咽下所有的黑暗，只为那黑暗中，有杜鹃如泣如诉的相思。

那天，我抓到了一只很普通的鸟。老人们告诉我，那是喜鹊，抓到喜鹊，就是抓到喜了。有人劝我用笼子把喜气留住，我却将它放掉了，因为在我的手里，它是黑色的，而放到天空，它才是彩色的、斑斓的——

鸟是上帝的客人。

秋天，我看见一排排大雁，把悠悠的曲调一路唱到天堂。

身后的家乡只剩下明灭的灯，父亲的手被秋风撇下，幸福的门框在我渐远的目光里摇晃。

雁，看我们谁逃离得更快？谁又在回家的路上最先掉下眼泪？

一朵云，全身长满翅膀

一朵云，全身长满翅膀。它欢笑，世界便灿烂，鸟语花香；它哭泣，世界便开始传递忧伤。云在我的眼眉上方，为我的梦想搭窝筑巢。云在天空，伸展翅膀，将尘世的辛酸与疼痛揽入怀中，然后变成泪水，洗刷着这个世界的污浊。有时，它化成风暴，卷起世界的垃圾，让欲望在高楼的顶层发抖。

云，仿佛信纸被一片片撕碎，仿佛梦想被一层层包扎。云，永远不会奔跑，它在散步中领略着尘世的花园。

可是现在，它不动了，它停在马路上空，像一幅安静的油画。世界一下子变得干净了，因为这块巨大的手帕。它能拧出眼泪，在你想要哭泣的时候；它能传出音符，在你想要歌唱的时候。

那天我们都很忙，车子开得飞快，仿佛钱币在前面跳舞，仿佛被欲望点着了屁股。在不得不停下来的闪着红灯的十字路口，我听见一个孩子对另一个孩子说："等一等，让那片云先过马路。"

孩子，你们是怕我们这些盲目的车子撞到云吗？是怕那片云掉下眼泪吗？还是，单纯地只想给云让路？给云让路的这段时间里，世界发生了很多变化，很多汽车开过那两个孩子身边，有人停下车看看他们，又看看天上，失望地走开。更远的地方正在召开会议，很多人的命运就在会上决定了。云飘过去，在这个城市最繁华的地段上空。它擦拭着城市生了锈的思想，擦拭着一双双被灯红酒绿迷失的眼睛。

记得一个士兵的死是关于云的：在战壕里，士兵忽然抬起头，看见一朵悠悠飘过的云，他情不自禁地抬头仰望，一会儿把它当成心爱的人寄来的情书，一会儿把它当成从故乡游移过来的羊群，完全被云那千姿百态的美所吸引，忘记了这里是战场，结果一枚炮弹在他身边爆炸了。他死了，死得并不壮烈，却很优美。如果整个世界都能像那个士兵一样，为一朵云让路，这个世界就不会有战争了。

为一朵云让路，就是给童年让路，给一只绣满祝福和愿望的风筝让路；为一朵云让路，就是给梦想让路，给一串蹦蹦跳跳的音符的蝌蚪让路；为一朵云让路，就是给自己的灵魂让路。

“少女从别人的眼睛里看到含苞未放的自己，便以为这个世界永远不会再有坏消息。”我从夜的沼泽里爬出，嘴角还挂着梦的衣裳。我急急地打开窗子，看今天的云是安静的还是喧嚣的，是快乐的还是悲伤的。云，从不曾为谁收起翅膀，但是今天，我感觉到它落地了。它从没有像今天这样，深深扎根在人间，再不去漂泊。

我的灵魂里住着风

每个夜晚都被我分割成了好几块：晚上八点到十二点，是睡眠的时间，把心交给梦；晚上十二点到凌晨四点，是写作的时间，把心交给键盘；凌晨四点到六点，重新回到梦里，把心交给身边的爱人。

闹铃刺耳的尖叫，把所有的美梦毫不留情地击破，新的一天又开始了。

十年如一日，我一直坚守着我的习惯。

每一个早晨，我都把自己平静地铺成一张白纸，等着阳光到我的灵魂里泼墨挥毫；每一个夜晚，我都把自己倒得空空，然后往灵魂里添加风、星星、萤火虫……总之，尽量添加一切诗意的东西。我只想提醒自己，别让灵魂忘记了飞翔。

朋友在繁华的大都市给我找了份工作，不知比我现在的工作要好上多少倍。我踌躇满志欣然前往，可是到了那里之后，却忽然有了一种悲凉的感觉，全身发冷。我在一个人灵魂的湖面映照出了自己，我看到了我的苍白。我有着长势良好的身体，可是内心却荒芜着，寸草不生。

我转过身，逃离了那一切。

那里的高楼大厦不属于我，那里的灯红酒绿不属于我，那里的尔虞我诈不属于我，那里的人情冷暖不属于我。在高贵的上流社会面前，我做了一次逃兵。

爱人却留在了那里，接受世态炎凉的煅冶。

我知道自己到底在寻找什么，什么样的生活才是我自己的。有人说，眺望摩天大楼的人，其实都是在眺望自己的幸福。我不是，我的幸福没有那么高。

我的幸福低到尘埃里。

屋檐上鸽子成群，院子里花团锦簇，你喜欢的小狗，即使你在它吠叫的时候打它的小脸，它一样喜欢趴在你身边轻轻入睡，还有不被打扰的月亮、可以喝的露水……这些都是我急着要向你表达的，我安安静静的幸福。

我总是设法让自己慢下来，我不想奔跑。在那么快速旋转的时光里，我们丢失了什么，拣起了什么？有时候，你的手，抓住琴却抓不住音乐；你的耳朵，储满了涛声却丧失了河流。

有些人的幸福像瀑布和山洪，有些人的幸福像涓涓小溪。瀑布和山洪貌似巨大，但来去匆匆；小溪用最低的嗓音歌唱，却可以生生不息地流淌。

我愿守着自己小小的幸福，在尘世缓慢地移动脚步。我只想像个小孩子一样，在你面前兴高采烈地阐述简单的思想。尽管我也有自己的痛苦，物质上的清贫，是我对家人永远的愧疚。

但我终究不忍将自己物质化，就像鹿身上的梅花，它是艺术，你不能将它明码标价，进行抛售。

比利时作家梅特林克有过一段精彩的话。他说，在星期日不去酒店喝个醉，却安静地待在他的苹果树下读书的农民；厌弃跑马场的纷扰喧嚣，却去看一场高雅的戏或者独享一个宁静的午后的小市民；不去街上唱粗俗的歌或哼些无聊的曲子，却走向田间或者到城墙上看日落的工人……他们都把一根无名的、无意识的，可绝不是不重要的木柴投进了人类的大火之中。

我的生命中，唯独不缺少那样的木柴。

我的身体很臃肿，但灵魂很轻，我的灵魂里住着风。

爱人回来了，从那个灯红酒绿的城市。她说她再不会走掉，她怀念家里的炊烟，怀念家里的鸽子和小狗，常常在夜里想得发疯。我知道这样的结果，因为我知道，爱人的灵魂里，也住着风。

我们是一对清贫的快乐的人，我们的灵魂里住着风，就像那水边的蜻蜓，守着命里注定的贫穷，临风吟唱，翩翩起舞。

贫穷，但听着风声总是好的！

阳光请柬

绵绵不尽的雨一直下了半个多月，把人的心情淋得坏透了。直到今天早晨，下了很大很大的雾，而有雾的早晨一定是个好天气，这酷似预言的话不知是谁说的，格外灵验。

整个早晨都蒙着白纱，太阳睡了半个多月的觉，懒懒地好像还是不愿起床，铁嗓子公鸡拉长脖子大喊大叫，总算把太阳从睡梦里给叨了出来。

雾轻轻地散了。这透明的早晨，我惊讶于它的美丽，惊讶于它未染一尘的纯净。尽管我知道这种纯净不会持续多久，但毕竟有这一刻，可以让灵魂自由自在地飞翔，不必担心欲望的烟将它熏黑，不必担心名利的枪口射穿它的翅膀，让它去与博大的自然做一次倾心的交谈。

今天的阳光真好，我想把身上的每个细胞都打开，让阳光进入。

所有的门窗都已打开，友善的阳光普照着我的每个角落，弹一段舒缓的曲子，翻开心灵的《圣经》……

清爽的风跟着阳光一起到我的房中散步，用一双慈爱的手抚慰我心中的神灵。一盆幽幽的兰花，在阳光的恩赐下散发着芳香。我的窗口迎来了许许多多的客人，蝴蝶、蜜蜂、瓢虫，还有一些我无法知道名字的小东西在慢慢蠕动，张开它们潮湿的翅膀，在阳光下晒着。

我把衣柜里的衣物统统拿到了院子里，让霉气在阳光里挥发，让透明的风拂去灵魂上的尘埃。

我把书房里的书籍拿到阳光下晾晒，让那些古人和圣贤的箴言警语在阳光下充满永恒的活力，让那一本本动人的故事在阳光下拥有更多的掌声与喝彩。

我忽然想起了那个黑色的箱子。许多年了，我一直不敢再开启它，那是一把把割伤我的刀子，一场场足以将我撕裂成碎片的爱情，我生命中的暗疮，我的阴影。

但是有阳光的地方就会有阴影，我们不可能甩掉自己的影子，除非永远地抛弃太阳。那么，就让我再一次开启这个黑色的箱子吧，把灰色的日子全部放飞，让激情重新回到我的掌心。

很多很多的信件安静地卧在箱子里，那是我用年少的时光葬掉的爱情，它们像一具具少女的美丽尸身躺在棺木里。我忽然感觉自己像一个卑劣的盗墓者，要盗取某些贵重的随葬品，但这种想法一闪即逝，因为阳光正在深入人心，透过那层层屏障，像一把利刃，闪着寒光，刺破人内心的种种顽症。

那些信件被我一字铺开，阳台像一个硕大无比的晾晒场，晾晒着陈年旧梦。那些万劫不复的悲剧，在阳光下被撕去一层坚硬的皮，鲜血汩汩直流，灿烂无比。而我，重新立在悲剧的镜子面前，看自己的伤口如何开成美丽的花朵。

太阳——云端的精神之父，每天都在给我们输血，每天都在给我们补充营养，我们没有权力不好好地活着，没有权力不去倾听他的教诲。

太阳赐予你伤口，就是为了让你懂得和珍惜伤口之上开出的幸福的花朵。

从现实的谷底开始爬起，向理想的峰顶爬去，我们在阳光下活着，推着巨大无比的石头爬到山顶，又滚落下来，然后再推向山顶，周而复始地重复着古老而又沉重的劳役。这是云端上的父亲给我们备下的作业，永远没有做完的一天。

不管怎么样，阳光永远是我们幸福的指向。纷纷飘下的落叶、漫天飞舞的蝴蝶与蜻蜓，或者冬天里一片片晶莹的雪花，都是阳光送来的请柬。

拾起散落一地的阳光请柬，去领受这份邀约……

上弦月

上弦月，只陪你上半个夜晚，剩下的时间，留着给你回忆。

上弦月是一把剃须刀，刮掉了整个前半夜的忧伤。

上弦月，像根贴在黛蓝钟面上的时针，静静地照看着人们的时间。

“人的时间是多么少啊！上弦月发出她的感慨，去掉睡眠，去掉奔跑，属于快乐的时间在哪里呢？”

“而你又何尝不是？除了月圆之夜，其他的夜晚不是一样弥漫着忧伤吗？”

“不。我有我的快乐。上弦月的时候我有希望，下弦月的时候我有念想，我是快乐的。悲伤，只是人们强加给我的一件衣裳。”

随她怎么说吧，我依然固执地相信，这一抹凄冷的弯，是看透红尘种种悲欢离合后的 江眼泪，是冷冷夜空中的一撇伤疤。但这并不妨碍她的快乐，就像每个啤酒盖都有被启开时留下的伤痕，但它们并不为此悲伤。

夏天的尾巴像壁虎，割掉了它还会再来。

越来越多的人，在越来越小的时候，心中就失去了一份光彩。叶芝曾写道：“人所听到、看到的事情，均为生命之线，倘能小心将之从混乱的记忆线轴上拉出，谁都可以用它来任意编织自己想要的信仰之袍。”似乎现在的我们正渐渐失去这样的能力，听到的、看到的，均被我们丢弃，无法引起兴趣。

什么都无法引起兴趣，但只有月亮是个例外。空空的世界，似乎也只剩下这个最后的月亮。她现在是弯的、单薄的。

我看到了我的月亮，就像葛朗台看到金子一样亲切。人说，有什么样的心，就看出什么样的月。我说，月是怎样的，心就是怎样的。

在发霉的时间里，心上长出了很多草。上弦月，一把适可而止的镰刀，帮我变得纯净。

走廊两边是不同的风景。左边是带刺的玫瑰，笑语盈盈；右边是暗淡的伤竹，垂头叹息。

快乐和悲伤，是生活同时带给我的两种天气。

就像隔壁两旁住着不同的邻居。白天打招呼的，是甜言蜜语；夜里来探访的，是寂寞空虚。

在寺庙里，一个青年男子对一个和尚说："现在，我一心想修佛。"那和尚说："佛没坏，不用修。修自己吧。"

就像看到这缺月，缺的不是月亮，是你的心。

在一个城市里有两个伟大的哲学家，其中一个是有神论者，另外一个是无神论者。他们两个人都一直试着要说服城里的人。整城的人都被搞得很混乱，生活简直过不下去了。城里的人决定："让他们两个人去讨论、辩论，然后不管谁赢，我们就跟着他，我们总是跟随胜利者。"所以就在那个挂着上弦月的夜晚，两个哲学家开始讨论和辩论。他们两个人都是非常伟大的逻辑家，但是到了早上，整个城市陷入了更大的混乱，他们互相都说服了对方，所以那个无神论者变成了有神论者，而那个有神论者变成了无神论者，那个难题还是继续存在。

争论和辩解是没有意义的，德彪西说："哲学家们总是分析、分析，冷冰冰地毁灭秘密。"现在月亮也处于这些争论者的中央，她是否会安然无恙呢?

不论如何，请不要把月亮叫作"有壳、幔、核等分层结构的星球"。

月亮没有标签，很多人都喜欢仰望她，向她倾诉衷肠。好人没有标签，很多人都喜欢向他们靠拢，取暖或者纳凉。

上弦月，她也常常割开我刚刚愈合的伤口。但她同时劝告我，生命，就是要通过失败去学习成功，通过羞耻去学习荣誉，通过落魄去学习坚强，通过叛逆去学习真我；甚至通过暴力去学习文明，通过战争去学习情感，通过血腥去学习嗅出一朵花儿的芬芳，通过死亡去学习内心的大开放……

当你听到敲门声再一次清脆的响起，站立的同时，微笑从你那小小的坚强的心中悄然升起。是的，你要微微含笑，让笑容像从那痛处生出的一朵花儿，让笑容如同从记忆中攀爬出来的一根藤。牵动你唇角去微笑，给不幸一个另类的表情，为了你的骄傲。

你明白一些人总是要去的，一些人总是要来的。如果你的心已是满目疮痍的土地，就需要让另一个春天入驻。如果是因为春去时曾为你留下满地狼藉，你恰恰需要一个冬天的雪来将腐败冻结、覆盖。

上弦月是一把剃须刀，剃掉了那些烦恼丝，还给我一张虽然有皱纹但却洁净的脸。

第二辑

爱我的人
请乘火车来

请给我五分钟，让我把爱的曲子弹完，让我把善全部撒给世界，让我用自己的身体再去为这个世界弥补一两个漏洞。

我向索要我生命的死神请求，请给我五分钟，让我再撒一些爱的花瓣，再还一些前世今生的债。

左拥淡雅，右倚繁华

一直在想，一个人若是披着月光，醮着花香，说出的话会有哪些不同？

我的一个学员的老公，和我一样，也是个写字的人，有个很有趣的笔名——咸济，仿佛一个药店的名字，大概他取这个名字的时候，本意是想用文字为受伤的尘世疗伤吧。

他开着额定人数的作文班，养身立命。从不多收学生，他说多了就教不好，心就会浮躁。

他喜欢安静简单，对事务的干扰，很不自在也很不耐烦，总恨不能一时半会儿把所有事务处理完，以便尽快回到自己喜欢的安静与思考中。

他有精神洁癖，朋友邀酒必先一一问清与谁共桌，如预先说好的人员有变动，走至半途也会返回。尽管如此，在外酒宴还是常常带着一肚子伤感回家。不想和人较真往往还是较真。他害怕人与事的纠缠，看似热闹的里面空无一物，所以更多的选择是逃离。只要一有空闲，就会下乡爬山，湖边看水，他说人的浊气只能在大自然中洗净。

他为自己开辟了一处小花园，养各种各样的花和许许多多的草莓，那是他为自己的心找的“同伴”。他的心需要从那里得到种子出土时的期待、花朵开放时的激动、手捧花枝时的幸福，甚至，一身汗水、满脸泥尘和弄脏的手无处可放时的讶异。

摘下的草莓大都是被老鼠咬过的，他却并不讨厌那用破坏来走访他花园的小老鼠，甚至但愿它和他一样，都会在那里玩得很开心。虽然也会用气咻咻的样子喊出几声“可恶”，但感性的瞬间，他的心却可能会与一只小老鼠变成“知己”。哪怕他们对草莓有不同的想法，但至少那只小老鼠和他一样，都喜欢逗留在那片绝密的小花园，搜寻他们眼中的宝贝。

当小老鼠在这里对草莓左审右看、又咬又亲的时候，他也在这片花园里，任性地摘下春天里的第一朵花，采集一包包的薄荷叶，笑吟吟地哄那棵三年都不开花的芍药说“我爱你”……累了懒了，坐在侧倒的枯树干上望天看云，可以不要求也不被要求，在花园里化神成仙，快乐不已。

除此，他还觅得另一方安静的好去处——庙宇。常维法师识他性情，让出庙里一隅净地，让他在那里独处，喝茶读书，听佛音缭绕。

他说，淡薄名利的，生活定然简单轻松；回归简单的，就会活出自己的心性。

这是一颗多么干净的心！

喜欢日本插画师山田绿笔下的猫，总是慵懒怡然地、慢吞吞地走在花丛里，或许它是想找一处最舒适的树荫来小憩。

毛线团一样的猫，蜷缩在世俗的角落里，怡然自得。只要有那么一处树荫，再喧闹的尘俗，都无法打扰它的酣睡。

如此看来，除了鱼和老鼠，猫的生命中还有其他重要的内容，例如寻找一处舒适的树荫。

人也一样，有什么是值得我们过分追求的呢？那样的“追求”，只会让我们慢慢变成臃肿的人。不要一味奔跑，应该学会优雅地踱步，去捕捉属于心灵的一片绿荫。

舍了红尘，遁入深山老林，我想那并没有多大的了不起，能在繁华处觅得清欢，寻得幽静，并安然相处，左拥淡雅，右倚繁华，这才全然是真的隐士。

请给我五分钟

记得那是去年的情人节，和女友一起坐车回家，劳累而烦躁的俗事让我们疲惫不堪。颠簸的客车卷起大片大片的灰尘，所有的眼睛都像是熄灭的灯，无数的心灵漆黑一片，整个车里的人，大概没有谁还记得情人节了。

我的眼睛是唯一亮着的灯，我的心灵春光无限，尽管车窗外面灰尘滚滚，我却依然努力寻找风景。

女友轻轻拥着我的手臂，微闭双眸。透过窗子，在不远的小山上我发现了一片盛开着的迎春花，在灿烂的阳光下，迎春花开得异常烂漫。

我轻轻唤醒身边的女友，对她说："看，春天来得真早。"

"请给我五分钟时间，只要五分钟。"我走到司机身旁，请求道。担心他不同意，我答应他愿意拿十元钱来交换这五分钟。

大概是金钱的作用吧，司机答应了我的请求。

我迅速跳下车，朝那盛开着迎春花的小山坡跑去。五分钟之后，我气喘吁吁地回来了，手里捧着一束灿烂的迎春花，仿佛整个春天，都已经被我握在了手里一样。

我把这束花献给了女友。女友被这突如其来的幸福烧红了脸。

不知从什么时候开始，车厢内响起了一片热烈而又持久的掌声。那掌声，好像在人们心底囚禁了许久许久，终于得到了释放一样。

所有的眼睛重新点亮，无数的心灵都普照着春光。

当我掏出十元钱要给那位司机时，司机拒绝了，他说："给我一束小花吧，我要送给我的妻子。”

我和女友将手中的花一枝一枝地分给车上的每一个人，然后由这些人送给他们的爱人、母亲、儿女……

在这个纷纷扰扰的时代，不要一味地去行走，必要的时候，让心灵停留，哪怕只有五分钟，这个时候，你会发现很多美的风景，会发现很多爱的故事。

一味地忙碌，让我们遗忘了很多美好的东西。

我们的一生都可能黯淡无光，但总会有无比精彩的瞬间留待我们去回味。

就像海伦·凯勒，要用整整一生来换取拥有视力的三天；像纳兰容若，要放弃一生的荣华富贵，去换取与知心人的倾谈。

请给我五分钟，让我把爱的曲子弹完，让我把善全部撒给世界，让我用自己的身体再去为这个世界弥补一两个漏洞。

我向索要我生命的死神请求，请给我五分钟，让我再撒一些爱的花瓣，再还一些前世今生的债。

等爱，把我缝补得完好如初

秋天，从一把镰刀开始，它是村庄里最木讷的儿子，默不作声，埋头苦干。

秋天，以一捆稻穗结束，它是大地上最羞涩的女儿，欲说还休，暗自飘香。

我想，是镰刀累了吧，所以咬我的手，轻轻咬了一口，又咬了一口，一共是七口。

那时，风从稻田深处吹过来。在稻子的清香和阴影里，风和风窃窃私语，镰刀上沾满薄薄的血液和不可更改的宿命。

那时，广袤的稻田里所有的镰刀都走着、舞着，白花花的像迎春的大雪。

那一刻，除了珍惜，没有谁会给予施舍；除了弯腰，没有什么能与生命亲近。整个大地空旷无边，我只是其中最小的稻穗。谁知道遇见了你，带来一阵慌乱的风。

你使我雀跃，又使我一夜无眠。

其实那时就注定了，你是割伤我的那把刀子，轻轻地咬我的手、我的心。

你来了，在稻穗饱满的时节。你是注定要来收割我的吗？如果那样，我会含着微笑，躺在你的怀里，忘掉天空，忘掉尘世，只记住你——唯一收获我的人。

可是镰刀咬了我七口，你注定要伤我七次吗？

你一次次重新回来，只是因为爱过，忘掉往事比记住往事更难，更需要坚定的心。我只有在那里等待，除了被你收割，我别无退路。

我是稻穗，我只能在秋天怀念你。

可是镰刀咬了我七口。

风很大，足够掀开秋天的所有秘密。秋天有秘密吗？应该没有，秋天是揭开谜底的季节，是一切都了然于心的豁达，是尘埃落定，是你终于说出的爱和离开。

风没有家，却仍然那么乐观；我们有家，却总不愿出来。

镰刀割倒了稻子，也割倒了一垄垄晚霞，镰刀是轻飘飘的，稻子却是全村人最重的心事。

在空荡荡的生命里，稻穗的爱情在经历一次冒险。

人走过的地方毕竟和风吹过的地方不一样。那种味道告诉我，你来过，并且用泪水画出了爱情的脖颈，用哀怨描出了爱情的双眉。

我等待着下雨，等着沥沥的雨，把所有的苦都酿成糖。

我注定要被你所伤，也只有被你所伤，才能变成粮食，喂饱你每一个香喷喷的日子。

我宁愿被你收割，也不愿意被麻雀衔走，那样，我的灵魂会四处漂泊。

我垂下头颅，等着爱，把我撕得粉碎。

我安然躺下，等着爱，把我缝补得完好如初。

爱我的人请乘火车来

画家巴普蒂斯说："爱我的人请乘火车来。"说完他就与世长辞了，于是有了电影《爱我的人请乘火车来》。

巴普蒂斯已经七十多岁了，学生们却极其爱戴这位年迈的老师。他最后的愿望就是死后能安葬在莱基奇小镇。如果谁真的爱他，就请乘火车到小镇为他送行。

巴普蒂斯选择了莱基奇，美丽安静的莱基奇小镇，成了他最终的归宿。对于这个七十多岁的老人来说，莱基奇小镇上的水井、河流、村野、磨坊、邻居、商店，仿佛仍是一个个谜，一个个他无法猜透的谜。他仿佛看到了坡岗上那呀呀转动的风车，闻到麦子在阳光下的那种焦香，还有那灿烂的稻草、农具和牲畜散发的气味，怀念已久的炊烟裹住一颗摇摆不定的灵魂，开始了自由自在的、无压迫的呼吸。来自大籁的声音给这物欲横流的现代生活以人性的温馨，给浮躁的心以宁静的慰藉，博大的心怀里霎时间融化了世间的一切繁琐与悲凉，真真切切地感受到了人脚立在大地上的那种温暖。

晚年的卢梭在大自然母亲的怀抱中也找到了这样的安宁："我觉得，在树林的绿荫下，我是个被遗忘的自由而恬静的人。就好像我再也没有仇敌了；仿佛森林的枝叶会为我挡住他们的中伤，仿佛枝叶会把他们从我的记忆里驱走。乔木、灌木和花草都是大地的饰物和衣裳，众多的植物就宛如播在天穹的繁星，星星点点地撒在了大地上。"

巴普蒂斯的莱基奇小镇、卢梭的乡村，都是他们心灵上的天堂，他们在一种适合自己灵魂飞翔的风里自由地呼吸。爱默生说："假如你想一个人静一静，那就去看天上的星星吧。”多纯洁的梦想，我们到处寻觅幸福，却不知道，最简单的幸福就是拥有恬淡、宁静的心灵。

如今我已置身事外，
一切色彩皆已化入，
声音与气味，
且如曲调般绝美地鸣响。
我何必需要书本呢？
风翻动枝叶，
我知晓它们的话语，
并时而柔声复诵。
而那将眼睛如花朵般摘下的死亡，
将无法企及我的双眸。

（里尔克《盲女》）

激情散尽，生命中似乎再没有了低潮与高潮，再没有了华丽的装饰与渲染，只剩下平静的诉说，只剩下一根瘦弱的藤条，蘸着最后的血，写下忏悔，写下追忆，写下祈愿，写下感激。

为生存的奔波让我们灵魂里的诗意丧失殆尽，正如过多的快餐食品让我们失去了味觉。巴普蒂斯将诗意带进了天堂，莱基奇小镇上的风终日将他吹拂，死亡逼近他的躯体，灵魂却重新诞生。画家用尽一生的色彩描绘尘世，不及一个名不见经传的莱基奇小镇。莱基奇的村舍里每一盏灯都在说话，莱基奇的旷野上每棵树都有倾吐心事的欲望，巴普蒂斯咽下最后一口唾液，像吐出鲜花一样吐出了他临终的诗句——“爱我的人请乘火车来！”

时针上的火焰，分针上的海水

你说会将一生的爱浓缩成十年，给我，然后，给我自由和回忆。

我在这个漆黑的夜里仓促起身，似乎是急着去接天使们在这个夜里散落的祝福和恩赐。如同梦的延伸，我以另外的方式，远离了尘世。

那个小钟分秒不差地走着，像我们步调一致的爱情。它见证了我们风风雨雨的十年，它的形状是一个童话般的小木屋，粉色，很温暖的色彩，它是我们爱情的心脏。

我在夜里醒来，因为看到了时针上舞蹈的火焰，听到了分针上奔腾的海水。只想告诉你，十年，是可以让脸孔生出皱纹也可以让心灵涤荡如新的一段时光；十年，是可以让誓言原形毕露为谎言也可以让谎言洗心革面为誓言的一场革命；十年，可以装完一扇门，却不一定筑好牢固的屋檐；十年，可以让爱销声匿迹，也可以让爱在烈火中完成一只凤凰的涅槃。

十年的似水年华，想和你摩擦出火光，像星星、月亮和萤火虫积攒的灯笼，像冬天的炉火和亲人的烟袋锅里闪烁着的杜鹃花，像孩子们在最深的夜里释放的烟花和他们璀璨斑斓的梦想。

十年的滔滔时光，想和你在黎明铺展梦想的金色地毯；想和你在黄昏织出一场雪，埋葬过往的忧伤；想和你一起，把夜里的鸟鸣无一遗漏地镶嵌到微凉的梦里。

十年的缓缓岁月，想和你创作出一本书，有诗歌，激情但错落有致；有散文，淡泊却不失凝重；有小说，平和却余音袅袅。

巨大的窗帘把夜隔开，我可以用一个六十瓦的灯泡制造一个白天，我的很多工作要在这个白昼完成。十年了，我第一次想到，要为你，为我们的爱情记录下一个个瞬间，我要用我的笔，叨着记忆不放，并擒住梦想的河流，义无反顾地为我们的爱情咯出带着墨香的花朵。

这是一个思念的晚上、奋不顾身的晚上，春天仿佛一下子就来了，像我们突然在一瞬间长大，又在一瞬间衰老。太阳说，生活是每天从东往西划一道弧，发光是它唯一的快乐。门说，生活是反复地被打开又被关上，与主人握手是它最感温馨的事情。酒杯说，生活是每天在嘴唇与桌面之间晃悠，倾斜是它认为比站立更崇高的姿势。我说，生活像祖先留下来的一件瓷器，越磨越亮，亮到可以照见真实的我。

属于我的时光已消逝一大半，而我没有任何财富，唯余这段爱情的花香，希望它在婚姻的窗子里自由出入。其实不管男人还是女人，在烦琐的婚姻生活里可以变成顽石也可以变成珍珠，就看你如何调配二十岁时的激情、三十岁时的矛盾和挣扎、四十岁时的了然和接受，将它们烹制成可口的婚姻晚宴。

一个人年轻的时候靠希望活着，老的时候靠回忆活着。不管怎么样，你曾经是我的希望，也终将成为我的回忆，成为我老的时候往炉子里扔的一根柴火，让我的余生充满暖意。

想你的那天夜里，我看到了电影《暖》，知道每个人都有追求幸福的权利，那个瘸了一条腿却仍然美丽的女人也不例外。在不停地挣扎、反抗、不甘心地一次次失望后，在一次次善与恶、美与丑的交战后，身体和头脑终于完全陷入世俗的泥沼，在我们眼前展现的是，那个曾经热望幸福的女人，再提到那些斑驳的过往已无动于衷。

我们总是为悲剧落泪，在泪水跟前寒冷，在悲剧面前不停地打着冷战。我们总是同情那些私奔的恋人，同情世间各种各样的外遇。可是当那些故事发生在我们自己身上的时候，多少人选择了隐匿和逃避，又能有几个人站在那里，安然接受上天所赐的精彩？

每个人的生活轨道都像一张网，有的人织得紧密，收获颇多；有的人织得疏落，游戏人生，一无所获。

旧日时光，还能回去吗？死去了就无法仰望，消逝了就无法回眸，梦也有走累的时候，我们小心翼翼地经营着生活，生怕任何一次失手，打碎如玻璃般明亮的年华，像善良而可怜的外婆，仔细经营着那些出嫁时携带的嫁妆。

在那个思念你的夜里，时针上跳跃着火焰，分针上奔腾着海水，还有一个秒针，它就是在我们之间不停走动的思念。

两辈子那么长的一辈子

爱人，用一分钟能数清你的心跳吗？能。

爱人，用一天能数清你的眉毛吗？能。

爱人，用一年能数清你的长发吗？能。

爱人，用一辈子能数清我对你的爱吗？不能。

爱人，这是我的自言自语，是一朵花对阳光的眷恋，一棵树对风的思念。

我要两辈子那么长的时间来完成我们一辈子的爱情。

如果，你用你的乳房做炸弹，我愿意粉身碎骨；如果，你用你的眼神做河流，我愿意置身河底，哪怕我不会游泳。

爱人，我喜欢看你刚刚苏醒的样子，睫毛上挂着梦的露水。那一刻，我心存感激，是因为有了一个美丽的夜吧，才有了这个一尘不染的早晨。

情不知所起，一往而深。待你就有如此的痴，连我自己都讶异。即便在此时，你在睡，而我思念荏苒。

清晨屋檐上的一滴露水与你有关，后山上的迎春花盛开与你有关，我对你的思念就像山上环绕的白云，我是一株凄凄的艾草，这一世我就是来偿还前世你浇灌我的那些水的，每滴眼泪都是。

我终无法无视地走过，我用全部的青春岁月，蓄积成那缕阳光，温柔照耀那枝枝叶叶，每朵花的绽放都在倾听这绝美的声音，当那花瓣轻落手心，化作了心里的那滴眼泪。

想起我们的过往。那天，你用一个祈使句告诉我说你喜欢我了。我的心原是一张单薄的纸，你却把它叠成了轻盈的飞机。我看到一朵花学会了飞翔，变成蝴蝶，从夏季的阳光下飞进秋天的栅栏里。我看到种种灿烂的景象，被你的手指轻盈地剪辑，粘贴到我生命的记事本中。我提醒自己，要抓紧啊，抓紧这可以放心歌唱的日子，好好地过活。我祝愿所有的人，都能在阳光下大胆地去爱。

那些日子像长了翅膀的鸟，在我的房间扑棱棱地飞，让我心神不宁。天黑的时候我想你了，睡着了，我忘了，醒来的时候又记起了；看云的时候我忘了，风把云吹散的时候我又记起了；读书的时候我忘了，可每翻过一页又记起，你是我的爱人。

可是就在昨天，你又用一个感叹句告诉我你要和我分手。像度过的任何一个日期那样，那一天毫无征兆地来临。时针在思考，分针在散步，而秒针在一路小跑，各自在兢兢业业地忙碌着。一种莫名其妙的音乐无懈可击地缓慢地将我们打开。紫色，我们同时在窗子里看到的颜色，将我们的悲伤那样深刻地翻出来。因为什么呢？是什么要把我们分开？

我们努力着不让各自的悲伤流淌出来，但眼睛泄漏了一切。烈性的酒进入了人的身体，所有的虚伪便都开始纷纷缴械投降。

所谓的欢乐与忧伤，不过是一片叶子的两面，只要风那么轻轻一吹，欢乐就躲到背后了。

世界什么也没有失去，只是在变化。如果能够重新来一次，我将正视以往和明天，遇到不该发生的事，就像孩子一样拉拉手，相对一笑，这世界也就太平多了。

而此刻，你在我的怀里酣睡，酒精依然在你的身体里发挥作用。此刻我抚摸着你的眉毛和额头，你的头顶着我的下巴，时而呓语，时而大笑，时而沉默，我触手可及，你的手心，那些纠缠的纹路像我这一生经过的无数路口。

爱人，当你醒来，看到这封信，我已在路上。我义无反顾地走，是因为我毅然决绝地爱。

或许，当再一次艾蒿满地的时候，我会回来。那时，我不会向神灵祈求前世和来生，我只要今生今世，好好地过每一天。看着你睡去，唤着你醒来，直到白雪覆盖我们的额头，直到口齿不清，却依然把爱含在嘴里去咀嚼。

当我再回来的时候，我要两双手相扶着走过那些沟沟坎坎；我要你给我两辈子那么长的一辈子，听我絮叨，听我回忆，听我把我们不在一起的这些时光分秒不差地输入你的血液。

像一块手帕，回忆眼泪

你在粉红色的信笺上喃喃地说："嘿，我来了，感觉到风了吗？那是我的手，在打扫你的天空；感觉到雨了吗？那是我的心灵，不小心流露的诗行；感觉到云了吗？那是我，为你哭泣时备下的手帕……"

哭泣。我确信那是命运的魔咒。我们曾经相爱，又各自掉转船头，分道扬镳。我握着我的钥匙，探寻家的方向；我举着我的灯笼，打听爱的下落；我扶着我的草帽，追问风的消息；我攥着你给我的手帕，寻找眼泪的故乡。

什么都没有寻找到，只有爱人的背影，被世俗的风抽打着，灵魂跟着踉跄，扭着没节奏的舞蹈。

我不再唤你"爱"，而是唤你"哎"，一声声叹息让秋天早早降临。

门不当户不对，千百年来，始终是情感的毒瘤。你懦弱地守在父母的房子里，不肯为我迈出半步。在那个秋天，我开始学会放纵，身体和灵魂，不再是花瓣和晨露，自以为冷漠的心，再拧不出一滴水来。

撕碎所有与你有关的诗句，连同你，一起锁进抽屉。

但是那个夜里，我还是哭了，因为我看到了那个月亮，我们相遇时的月亮，九月的感伤季节里的月亮，瘦骨伶仃的模样，像个无助的孩子，为了梦中的某个场景，一再地抽泣。

一次情感的失败代表不了什么，我以为自己扎紧了情感的口袋，其实恰恰相反，我收藏了眼泪。

爱人走了，我要送去祝福，就像爱人哭泣的时候，送去肩膀和手帕。

在这个快餐时代，到处都在提速，其实最需要争分夺秒的，是我们手中的爱，是那些短暂的易逝的幸福。为了一份责任，我们不仅要爱自己的亲人，也要爱自己。我们要把自己的爱牢牢抓紧，不让它们流失。

只是，我们还会流泪吗？

同学聚会，老友重逢，一个个热闹的场面，更多的人猛劲地撕开记忆的口袋，可不知为什么，再没有那么多触动人心的事情。我的两个老同学，两个副处级干部，为了买单，争得面红耳赤。我想到一个挺损的办法，让服务员告诉他们，这地方开不出发票来。闻此，他们顿时偃旗息鼓，彼此谦让起来。此举果然奏效。

太多的煽情骗走了我们太多的泪水，如今，我们所有的口袋都是满满的，心却成空。同学们无比激动地诉说着陈年往事，可无论怎样的回忆也无法蛊惑那滴眼泪流出来，但我还是看到很多人转过身去，做出一个个拭泪的举动，不想那里早已是干涸的湖泊，再没有一尾鲜活的鱼在那里游动。

或许，就像电影《盗火线》里说的："千万不要有让你五分钟以内离不开的东西，因为，那就是悲剧的开始。"于是我们相信了冷漠，学会了无所谓，我们不会再像小时候那样，为丢过的一块自己最喜欢的橡皮或手绢而难过一个星期，因为世界已经再没有什么大不了的事情。

而我却依然固执地写着我的诗歌，爱人虽然走掉了，但爱着的心还在。阿拉伯人有一则妙喻："天使的眼泪，落入了张壳赏月的牡蛎体内，变成了珍珠。"我不是天使，但我一样有一颗柔软的、珍珠的心。

那些写给美好的人的美好的诗句就像一朵云，慰藉着我奔波的心；像一朵花，唤醒我失灵的嗅觉；像一捧晚霞，点燃我失明的眼睛；像一块手帕，时时刻刻提醒我，不要忘了哭泣……

一株草的天涯

风对草儿说，你是一种卑微的植物，但同时也是最顽强的植物，生命力旺盛，所以，草儿，你的名字不仅仅叫卑微，你还有另外两个名字，一个叫容忍，一个叫生生不息。

萎靡不振的草儿似乎得到了鼓舞，伸了伸腰，向风感激地点点头。它知道，自己虽然遇到了伤心事，但总不至于枯萎。对于草儿来说，枯萎是一件多么沮丧的事。

满眼是参天巨木，满眼是姹紫嫣红，而草儿，在空旷的幽谷里选择了寂寞地生和寂寞地死。遥想生命的最初，草儿是一只不知名的飞鸟嗉下的一粒种子，于某一天落进山谷里，几岁几枯荣的日子白云般悠悠飘过，它不停息地生长，不停息地向上。

风自身边经过，带来山那边的消息——灿烂的阳光，淙淙的流水，还有雨后的彩虹。草儿的梦，从那时开始，在开满野花的原野上轻快而行。

草儿有它自己的梦想，如果可以像鸟儿那样飞翔，如果可以像马儿那样奔跑，它会不知疲倦地飞翔和奔跑，寻找自己的天涯。

所谓天涯，即你苦苦追寻而终生走不到的那个地方吧。那里充满诱惑，让人迷恋。

我认识一个叫草儿的农村姑娘。草儿是偷偷来城里打工的，她说她要挣钱给母亲治病，母亲得了很难缠的病，可是没有钱医治。她放弃了学业，因为她需要钱。

见到草儿，才知道这个名字是多么贴切。那么单薄瘦小的她，却扛起了无比沉重的生活。

她给一个有钱人家做保姆，主人让她睡厨房，吃剩饭，却天天要她给他们家的狗炖肉汤。每天还要忍受他们的猜疑。

所谓命运，即你无法选择而又不得不选择的生存过程。她想自己真的是一株草吧，注定会是贫贱的生命。她只能在每个夜里，对着那轮月亮，流着眼泪思念母亲。

最后，她辞职不干，说，即便穷死在村子里，也不要去富人家做保姆。

草儿虽然这样发誓，但终归还是没有回到村子里去，因为她要给母亲治病，她还要在城里挣扎。

经好心人介绍，她到一家加工厂做了临时工。工作之余，她一边读书写字，给报刊杂志写稿子，一边还上了夜大，因为她觉得，要适应这个每天都在进步的社会，她的知识远远不够。

她辛苦但快乐地活着，她写道："……世界并不只有玫瑰花，尽管它的美和它的芬芳都应当得到所有人的欣赏。但当我将目光从瞻仰的崇高中收回，我看到自己仍是一株卑微的草。我看到我的脚下同样有片土地，身边同样流动着无息的风。我看到自己的心灵，浮动着忽明忽暗的记忆，那是关于我，一棵草，孤单中的热情，清寒时的欢喜……来世，我还要做这样一株纤细的小草，永远地顽强，永远地渴望，永远活得执着与认真。"

一个人，对于社会就像一棵草一样。但这并不表示它将关闭自己的声音。一个像草一样的生命，它的声音是极其微弱的，但这并不表示这种声音将无人聆听。

一株草也罢，一朵叫着各种名字但同样未被关注的花也罢，都有从对别人的瞩目中回到自我生命的时候。那时，若是一株草，它会怎样说?

它会说:"一株草的心胸也可以很温暖，一株草的视线也可以很真情，一株草的语言也可以很别致。一株草，虽然不会奔跑，但也会抵达它的天涯，那里就是属于它的灵魂的自由自在的归宿。”

上帝制造城市的时候也制造了幽谷吧？上帝制造了繁华来使人向往清净，制造了清净来让人们向往繁华，而有时，上帝也制造一株草儿，从它那里看一道静止的风景。

在草儿的身边，每天都荡漾着各种各样的风景和故事，那些风景都已收集成册，那些感动都已化成湖泊，那些寂寞和对天涯的向往还在空中游荡。

一株草的声音，总是很不小心地丢失在风中，可它不在乎。它说：“失去的我还能拾捡回来，睡了我还会再醒，我生生不息，就是为了我向往的天涯。”

一株草的天涯。

合上济慈，翻开雪莱

恍恍惚惚，如同隔世。倦怠的心，正在褪尽最后一层艳丽，只剩下舞蹈的紫，孤零零地在风中飘荡，犹如生老病死的叶子，诞生时没有喊叫，死去时没有挣扎。

心在秋天，所以心疼紫色，那忧郁的被霜侵袭过的紫色，时时翻开我的心事。

秋天的玻璃，透明如无。一个呼吸，让它浸染朦胧。我的爱，被它照出来，湿漉漉，等着阳光来烘干。

我的爱还能烘干吗？秋天的艳阳高照，我却躲在背面，任心底生满回忆的青苔。

支离破碎的记忆，慢慢织成一幕诀别的悲剧：爱，向生活低了头。

秋天的花朵，嘲弄似的，向我这个低头的人炫耀她们的烂漫。她们似乎知道自己注定要颓败，所以开得肆无忌惮，恬不知耻。

我的诀别，不像云朵，从挥动的衣袖中缓缓飘走，那是诗意的诀别；不像葡萄，鼓胀着欲破的身体，被人摘取，那是喜悦的诀别；不像叶子，从树枝上掉落，投入土地的怀抱，那是幸福的诀别。

我在秋天里的诀别，是不堪回想的哀伤。

犹似这紫色，是凝固的音乐，是被压住翅膀的蝴蝶，是突然断掉的弦。

紫色，让我想起一个英年早逝的诗人——济慈。

如果说雪莱是春天里歌唱的云雀，那么济慈就是秋天里舞蹈的叶子。少年时便已成为孤儿的济慈，这紫色的秋天的叶子孤零零地在那里舞蹈，妄图煽动出一点火焰，暖他那颗忧伤的心。

在英国的大诗人中，几乎没有一个人比济慈的出身更为卑微。他短短的一生，似乎都是紫色。而那紫色中弥足珍贵的那一丁点绚烂，来自于他至死不渝的恋人——芬妮·布朗。他在给芬妮的信中写道："我在一个农民的小屋中，对着一个很方便的窗户坐下，举目远望，只见美丽的山峦和茫茫的大海相映成趣，并入眼帘，真可谓良辰美景啊。如果不是回想自身的一种压迫感，那么，我看书、遨游在这美丽的海岸上，享受着上述的快乐，不知我会怎样富有坚韧不拔的精神呢！我从来没有像这样欢乐过。死亡和疾病包围着我，把我的时间耗费了，现在这样的烦恼虽然没有压迫我，但另一种痛苦又来骚扰，以致我无法忍受——这也是你必须承认的。我的心上人，问一问你自己，你这样羁绊着，这样破坏着我的自由，这是不是十分残酷？如果你愿意在一封信中承认这一点，请立即写信给我，并请力所能及地安慰我。

"你的信必须情感丰富，就像吃鸦片烟一样，能让我沉醉——你要用甜蜜的语言，并且要向它们亲吻，以便让我的嘴唇发现你的嘴唇的痕迹。

"至于我吗，真不知道该怎样向一个美丽的人儿表示我的热忱。我用一个光辉的字，不过只是光辉；用一个美丽的字，只不过是美丽罢了。我真愿意我们能够变成翩然双飞的蝴蝶，哪怕只是在夏季生存三天也就够了——我在这三天中所得到的快乐当比平常五十年间所获得的快乐要多得多……"

他们在那短短的美好时光里互相传递着爱的"鸦片烟"，直到济慈那封最后的信。最后的信是这样的："芬妮，我的天使……我将尽力安心养病，就像我以整个身心爱你一样……我决不会……跟你诀别。"然而，不到半年时光，年仅二十五岁的济慈，这棵"用露珠培育出来的鲜花"（雪莱语）长眠于罗马，而他对芬妮的爱情，却似银河中的星星一样，永世长存。

最近看到一篇文章说，紫色是最容易褪色的，因此日本人结婚时绝对不穿紫色的衣服，甚至包装礼物也不用紫色，以免预示不能天长地久。没想到它竟然像咒语一样在一些人的世界里应验了，一个人可以消失得那么快，消失的痕迹就像窗台上那盆忽然枯萎了的紫菊花，连残余的花香都被风撕碎了。

芬妮是幸运的女子，得到了济慈的爱。济慈曾经说过：“我见过一些女子，她们真诚地希望嫁给一首诗歌，却得到一部小说作为答案。”济慈永远不会是小说，他永远都是芬妮心中的诗歌。

忧郁会使人歌唱，悲伤会使人舞蹈。就像这秋天，灿烂的阳光被收割，温暖也被大雁们齐心协力地运到了南方，可是剩下的紫色，仍然在风里生生不息地舞蹈。它让人相信，在即将到来的冬天里，只要你把炉火点燃，不停地往里面扔着柴火，就可以温暖自己，守住一个属于你自己的心灵的童话。

济慈是我心灵上的一片紫，但毕竟不是我的榜样。人会失去一些东西，也会找回一些物件。不必非要顺着脚印往回走，要知道，前面的纸更洁白。秋天要过去了，还是合上济慈，翻开雪莱吧——

“冬天来了，春天还会远吗？”

离星星最近的地方

唐山大地震的时候，有这样令人终生难忘的一幕：一个救援者刚一进唐山市，就看到一个女人在向他招手求救。他立刻跳下车跑去，到跟前才看清她早已死了，而且是裸着身子死去的。她那黝黑的长发在风中恣意飘扬；白白的皮肤细腻而闪着光亮；两个粉红色的乳房丰满挺拔……救援者看到一块水泥板压住她的后腰，才明白她为何一动不动。推断她睡觉时没有穿睡衣，地震时惊慌失措，跑到阳台上时被压在那里，成了美的标本。

志愿者含着热泪拍了一张照片，不假思索地就给她取了这样一个标题：《唐山的维纳斯在风中叹息》。

朋友出车祸离开我们的时候，我们去了他的家，看到他的母亲，不知道该怎样安慰。巨大的悲痛弥散在屋子里，让人不堪重负。“去吧，那里是离星星最近的地方。”朋友母亲的话很轻，却让我们的灵魂震颤不已，那是豁达的老人对悲苦命运最有力的挑战。

我家里的墙上有两张照片，一张是祖母的，满脸皱纹，像她沟沟坎坎的人生；一张是曾祖母的。曾祖母死时不到三十岁，还是年轻亮丽的时候，她的生命就定格了。

曾祖母比祖母年轻。

近日看到这样一个小故事：一个男人被恶疾纠缠多年后，终于撇下年轻的妻子撒手离去。临终前，妻子安静地坐在床边，捧着他的手轻轻吻着。他忽然哭了起来，整个身体都跟着痛苦地抽搐。他已不能说话，眼泪成了他所有情感的唯一表达。妻子忍着泪，轻抚着他的胸口，伏在他耳边轻轻地说了句：“路上小心，早点儿回家。”他紧锁的双眉忽然就舒展开了，一抹温柔的笑意无声地漾起在唇边，他安然离开了。

“路上小心，早点儿回家。”妻子这句平日里常说的话给了他一个人上路的勇气，让他觉得，这次奔赴天堂，不过是他走的另一条路而已，不管多远，家都在身后温暖着他，等待着他。

史铁生说：“一个人出生了，这就不再是一个可以辩论的问题，而只是上帝交给他的一个事实。上帝在交给我们这个事实的时候，就已经顺便保证了它的结果，所以死是一件不必急于求成的事，死是一个必然会降临的节日。”

在生活中，经常体会那种亲人们猝然离去的悲伤，死亡就在我们身边，无时无刻不在觊觎、威胁着我们的生命。生命中有太多这样哀伤的碎片，但我们不能因为这些碎片，就不去生活了，生活总还是要继续的。

你听，有多少人在讲起他们的人生故事，可听得出，那是挟裹着一世沧桑的心，在流露着他们对生命无尽的眷恋和感恩？

最后一班回家的车

如果没有什么特别着急的事，在周末，我总是会选择乘坐末班车回家。

喜极了那种感觉：一个人坐在最后一排的最右边，慢慢感受着夜的来临！夜色像一件沉沉的黑袍，将我们裹在其中，路灯在我身边闪过，眼前往往会出现幻觉，忘了自己只是这个城市的过客，就好像这城市的荣华富贵、风花雪月都有自己的份。那真是一种微妙的感觉，无数细小的幸福交织在一起，在无边的夜色里荡漾着。车窗外面那些超过我们疾驰而去的渐远渐暗的车尾灯，渐渐朦胧成黑夜里勉强睁开的眼，含着笑意，示意我们追赶上去。

但它并不追赶，无比悠闲地闲庭信步。我亦被时间落在后面，我追不上它。它像那敏捷的、会飞翔的猫，常常在我面前，一闪即逝。我就这样笨拙地生活着，扭动着笨拙的身体，在尘世慢悠悠地走动。可能，买不到去往快乐岛的船票；可能，赶不上承载各种梦想的航班……这有什么呢，还有最后一班回家的车等着我呢。走到哪里，我就在哪里安营扎寨好了。别人是画好了靶，然后瞄准射击，我是先射击，然后在那里画靶，这样，我可以枪枪中的，弹无虚发。说我自欺欺人也好，阿Q精神也罢，有几个人不是在命运的谎言中长大的，只要这谎言宠着你的灵魂，让你的灵魂不疼痛、不拥挤，那又何必在意它是轻飘飘的流言蜚语呢？

末班车慢慢悠悠，仿佛古时小脚的女人，谨小慎微，踱着莲花步子。这也正暗合了我此刻的心境。我选择坐末班车，就是要享受回家的乐趣，我奔跑了一个星期，属于自己灵魂的周末这两天，我要慢慢散步。

家在五十里以外的小镇。我猜想，母亲一定正扎着围裙在厨房忙碌，父亲一定正一边看着报纸一边不时地张望着窗外我必经的路口。每个周末的这个时刻，都是我最幸福的时刻，一颗心仿佛已不在我的胸腔里，提前飞回到父母身边去了，已经迫不及待地偷尝了母亲做的一桌菜肴，偷呷了父亲的一口美酒。

末班车开得很慢，尽管它载着归心似箭的一群人。这时候的人仿佛都变成了飞不快的鸟，在夜色里急急地奔向自己的窠巢。母亲们抱着手里的孩子，哄着宝宝睡觉，末班车的时间早过了孩子安睡的时间；情侣们牵着手，用别人都听不懂的暗号述说情话，哪怕相处了再多时间，恋人们永远觉得时间过得太快；父亲们拖着疲惫的身体，搭上末班车，焦急地返家，衣兜里不忘揣着几颗精致的糖果，并开始惦念家中孩子的处境；高中毕业班的莘莘学子们慢悠悠地坐上最后一班返校的公车，再不情愿，他们也要返回象牙塔完成自己的使命……

末班车，是给一个人独处准备的，也是给两个人相聚准备的；是给一段回忆准备的，也是给一次开始准备的；是给散淡准备的，也是给传奇准备的；是给平静准备的，也是给激情准备的；是给爱准备的，也是给永恒的孤独准备的……

总有你的末班车，错过白天，停于黑夜；总有我的末班车，错过繁华，停于简朴；总有他的末班车，错过喧嚣，停于宁静。每一刻的美好都像水推着小船儿漫然流经，不必挂牵，不必强求，已在生命左右。

每个人的车窗外，都有属于自己的路灯；每个人的前方，都有属于自己的敞开的门窗，那是家人为自己张开的怀抱。

“嘘！”热闹的车厢一下子静下来，我听到有人在善意地提醒。看到母亲怀里的宝宝哭醒过来，那几个快乐的高中生不再叽叽喳喳大声喧哗，情侣们也改用眼神来交流，一个父亲则掏出一粒糖果送进那个胖乎乎的小手中，空气中开始充斥着糖的味道。孩子慢慢地又睡着了，母亲感激地向车厢里的每个人点头致谢。

想起了那部青春的电影——《开往春天的地铁》，很诗意的名字，一下子拉近了我与荧屏的距离。人，经年累月，周而复始做着一件事，总是会厌烦的，这个时候，惬意的心是多么重要。有时候，经过善意那么温柔地抚摩一下，驶向西伯利亚的地铁也可以开往春天。

母亲说，人最好不要错过两种东西：最后一班回家的车和一个深爱你的人！

行走的风景，不行走的心

那一次去郊游，看到了笔直的松树、庄严的柏树，还有几个人也合抱不过来的百年古树。那一刻，我看到阳光在茂密的树叶间闪烁跳动，像一串串不安分的正在成长的心，我的心里，顿时也有无数漂亮的词语在跳动，试图串联成一段段长短不一的精美的句子。我想回去之后，一定要用我的笔记录下它们，记录下这一次心灵的行程。可是等我回去之后，接连不断的会议撕扯了我那份惦念着美好的心情，那些会说话的风景又被我抛弃在脑后，忘记得一干二净。

朋友们问起那是些怎样的风景，我竟无言以对。“但我去过，我真的领略过那里的风景。”我对朋友们说，“不信，你们看，这是我从那里带回来的石头。”

我的抽屉里一共有三块石头，因为我去了三次。这就是我对那些风景的眷恋和全部的记忆。曾经让我心动不已的风景，最后却只能用一枚石头来替代。

这是大多数现代人的心态：有些风景，只要愉悦了我们的眼睛，快乐了我们的心灵一会儿，就可以了，不必将它们收藏到心灵的文件夹里，让本来就满满的心灵空间变得更加拥挤。

我们不能说这种心态不好，毕竟，在奔跑的尘世，你要追赶上一些东西，就必须甩掉一些东西。而他们在处理心灵的文件夹时，唯一要做的就是清空、清空，他们要让自己的心奔跑，他们不想有太多的羁绊。

但不是所有的风景都可以擦肩而过，有些风景是需要收藏的，哪怕仅仅是为了给你奔跑的姿势配一幅温馨的画面背景。

朋友旅游归来，带着一火车皮的疲惫和满满十几个胶卷。我问他看到了什么景致，他说都在照片上呢，自己看吧。他说他的脑海里除了人影还是人影，不停地晃动着，除此之外，没有任何印象。

据说英国科学家新发明了一种“神奇相机”，可以像项链一样挂在脖子上，它可以随时随地自动拍摄上千张图片，拍摄内容包括你遇到过的人、你去过的地方、你做过的事、你吃过的食物等。

科学家的意图或许是帮助那些经常健忘或者记忆衰退的人找回失去的记忆。

于是有人高兴了：带上它去旅游，可以把所有的景致都照下来。

旅游的真正意义是愉悦身心，并不是仅仅带回几张图片，证明你去了多少个地方，那和到处都刻上“张三到此一游”还有何区别？那些照片，只是让一个人有了记忆，却丢掉了感觉。

我经常问自己，面对美景总要留下点什么吧？哪怕一声赞美，哪怕几行或押韵或打油的诗。可是我们没有，我们仅仅是换了个地方继续着我们机械般的心灵游戏。

歌德在欣赏到美景的时候，常常会把自己的心灵丢失，忘我地与大自然交融到一起。例如海德堡，歌德就说过，那是他将自己心灵丢失的地方。

是啊，面对美景，我们要学会将自己的心灵交出去。

我认识一个喜欢郊游的老人，他每每看到美景时，有一个习惯就是美美地来上一段京剧。如果你在某个森林里，听到了那一声声韵味十足的京剧段子，那一定是他又看到了令他心仪的美景！他的表达方式是如此美妙，如此的与众不同。

表面上看，我们在行走，风景静立不动。其实我们都错了，有时候，真正在行走的是风景，不行走的，是我们那颗日渐懒惰的心。

第三辑

每朵云都是一张亲人的脸

落叶从不惊叫，哪怕你踩到它的脊背。不像雪，不论你走得多轻，都会在你的脚下呻吟，仿佛它们的骨头被踩碎了。

落叶从不惊叫，哪怕经历再多的苦难，她都只是去和风窃窃私语。

我似乎听到了落叶在说：等我，来赴一个灿烂的约会。在此之前，请好好生活，各自珍重！

季夫老师的精神钙片

季夫老师是我的语文老师，也是我初三时的班主任，他贫穷、瘦弱，像一粒干瘪的种子。

父亲说，季夫老师是我们村子里第一个大学生，他应该留在大城市的，不该回来。

我的父亲是季夫老师在这个村子里唯一可以谈心的朋友。“是啊，不该回到这片贫瘠的土地上来，做了一粒干瘪的种子。”季夫老师在和父亲喝完酒后，偶尔也会表露他的遗憾，但更多的时间里，我感受到的是他对我们孜孜不倦的爱的教育。

在我的印象中，季夫老师始终是个干干净净、轻轻飘飘的人，甚至走路不带起一粒尘土，举手投足不煽起一阵微风。一件中山装已经洗得发白，却总是板板正正，没有一丝岁月的尘灰与褶皱。

他喜欢给我们讲故事，并通过一个个故事传递给我们做人的道理。听他的故事，如同泉水滋润心灵，干净、舒适。

他讲的课也是干净的。教书的时候，他没有丝毫旁骛，课堂变成了他一个人的舞台，他在那里忘我地演出，而我们的好成绩便是献给他的掌声。

我是作为留级生才有幸来到季夫老师的班级，得以接受一生难以忘怀的教育的。

那时，我在骨子里瞧不起留级生，可是没想到，自己有一天也做了一回“墩级包子”。为了能够考上县里的重点高中，在父母的一再坚持下，我只好选择留级。我忐忑不安地来到班级，季夫老师是这样向同学们介绍我的：“让我们大家向他祝贺，同一个年级读两次，他是幸运的，因为他可以得到两倍的同学和朋友。”同学们真诚地为我鼓掌，我真诚地向他们鞠躬。

那是我既艰苦又美好的初三生活。

中考前的一个月，季夫老师和家长们商量，让学生们吃住在学校，以全力备考。那一个月是我生命中最难熬的日子，常常由于紧张而失眠。为了保证学生们能安然入睡，季夫老师每天临睡前都给我们吃一粒安定片。直到顺利通过中考，没有人怀疑是这一粒小小的安定，给了我们莫大的帮助。考试成绩下来了，我们班是全校考得最好的，有十五个人考上了县重点高中，其中包括我这个留级生。那天，季夫老师很激动，并告诉了我们一个秘密，他说他每天给我们吃的只不过是一粒钙片而已。

季夫老师的钙片，让我们的精神之树无比茁壮。

季夫老师，一肩明月两袖清风，因为干净而清贫，也因为清贫而干净。其实他本不必如此清贫的，他在城里的一个位高权重的老同学有意帮他走出这个小村子，去更广阔的天地。但他很倔强，他不走，他说他是扎根在这村子里的一棵老树，换了地方就会水土不服。

他不走，他把一切都留在了这个村子里。他在这里出生，也在这里逝去。

暑假回家的时候，我听到了季夫老师去世的消息。父亲和我说，季夫老师是在讲台上晕倒的，他的一辈子都是在这讲台上度过的。

我去了季夫老师的讲台，依稀能够感觉到他的呼吸。我看到黑板上依然留着他的笔迹，那是他为孩子们上的最后一课：“有的人死了，他还活着……”没想到，这段诗歌竟成了他的悼词。

多么贴切的悼词！

其实季夫老师是太过劳累了，师母常年卧病在床，里里外外都需要他一个人来打理，而对学生们，他又是竭尽了全力，他透支了自己的生命。那一刻，我真正懂得了“呕心沥血”的含义。

季夫老师，从没有大声与我们说过话，但他的声音却能很深地穿透我们的灵魂。

季夫老师，整天一副弱不禁风的样子，但羸弱的他在黑板上写字的时候，却是颇有力道的，他能写出一手漂亮的正楷，规规矩矩的字，像他正大光明的人。

季夫老师，这粒干瘪的种子，是我们的精神钙片。

美好的糖

糖是很美好的事物。它对于舌苔的诱惑，根深蒂固，无法拔除。

小时候家里穷，每天啃着窝头就着咸菜，看到别人家的孩子吃糖块，馋得直流口水。母亲就安慰我们说，吃糖只会牙疼，吃盐巴却能补钙，将来你们的身体一定会比他们好。“用盐巴腌着总比用糖水泡着好。”母亲随即说出了这个足以醒世的格言。

尽管如此，母亲还是想尽一切办法，让我们吃到甜的东西。她会用甜菜熬糖稀，然后让我们蘸大饼子吃。虽然那甜味不是那么浓烈，但在当时，那已是顶级的奢侈品了，甜得我们在梦里都能笑出声来。等我们都吃完了，母亲会在厨房端起我们的饭碗，挨个地舔个干净。

母亲还会为我们割回一些玉米梗，把皮剥掉用来编织蝈蝈笼子，里面的芯可以用来吮吸，很甜。唯一可惜的是，咀嚼了半天，最后还要把它给吐出来。看来，这种东西只能甜甜嘴巴，不能用来甜心。

日子一点点好起来的时候，我们的口袋里偶尔也会有几分钱。那时，一分钱便可以买到七块桔子瓣糖。七块喜悦的糖蹦跳在我的口袋里，甜味就会顺着衣服窜上来。七块幸福的糖被我一字排开，在桌子上整齐地接受我的检阅。当七个士兵一个个“壮烈殉国”的时候，我忘记了漱口就睡着了。醒来的时候牙痛，便发誓，再不吃糖。

可是在以后的日子里，我的口袋里还是时常蹦跳着喜悦的糖，我的桌子上还是时常排列着幸福的糖。我经不住甜蜜事物的诱惑。有了这些亮晶晶的桔子瓣糖，我的童年就甜了。

母亲去亲戚家参加婚礼，为我们揣回来几颗漂亮的糖果。我们好奇地想，怎么糖块还要穿着花花绿绿的衣裳啊？让人不忍心吃呢。我们问母亲，吃糖不是会牙疼吗？母亲说，少吃就没事。母亲为我们分了那几颗糖果。因为我最小，母亲就多给了我两颗。我一共得到了四颗糖果：两块水果糖、一块软糖，还有一块酥糖。哥哥要用他的水果糖换我的软糖，我不换，迫不及待地将那块软糖放进嘴里，不舍得咀嚼，可是它化得很快，不一会儿就没了踪影，只剩下充满甜味的一段记忆。我很后悔没和哥哥换，最起码水果糖可以在嘴里顽强地坚持半个多小时，那该是多美好的一段时光啊。可是这个软骨头的家伙，没到两分钟就举手投降了。还好，我还有三块糖，依然可以在哥哥姐姐面前炫耀。那两块水果糖，一块被我含在嘴里，惊人地含了一个小时；另一块被我用水化开，拌到饭里，冲淡了很久以来日子里那咸咸的味道。姐姐更惨，她不舍得吃她的软糖，每天拿出来美滋滋地看，看到最后，被阳光吃掉了，窗台上只剩下一滩糖水和密密麻麻的蚂蚁。那天，姐姐哭得很伤心。我拿我的水果糖安慰她，可她不要。

再后来长大了，第一次吃到了包装精美的巧克力。那是姐姐在大城市的男朋友在情人节的时候给姐姐买的。可就在那些巧克力还没吃完的时候，姐姐的男朋友就结婚了，新娘却不是姐姐。

看着哭肿了眼睛的姐姐，我不知道该说些什么安慰她，就掏出我的桔子瓣糖对姐姐说："姐姐，巧克力糖好看不好吃，还是吃我的桔子瓣糖吧……"

姐姐后来就在小镇上与她一个儿时的玩伴结婚了，青梅竹马的爱情给姐姐苍白的脸庞涂抹了幸福的红晕。婚礼那天，不知是故意还是巧合，客人们含在嘴里的全是清一色的桔子瓣糖，没有一颗巧克力糖和奶糖，大概是姐姐懂得了，桔子瓣糖才是最适合她的吧。只是在姐姐的那个大城市里的男朋友突然消失的时候，我生出了一丝莫名的恐惧，总以为不管多美好的东西，也会像糖一样在阳光下无声无息地化掉。

依 靠

父亲前列腺增生做了手术，住院的时候，我们几个儿女轮番陪护。母亲每天都要来，她身体不好，每次来都很费劲，来了之后，也不和父亲说什么，就那么长时间地坐在父亲的病床上，偶尔困了，还会打起盹来。

妻子看她来了也是遭罪，不让她来，她却早早就把自己收拾妥当，非来不可。妻子不理解，我说，父母一辈子都没分开过，他们可以一整天一句话都不说，但必须能够感受到彼此的呼吸。

这就是依靠。

这是他们一生的习惯了：一个烧火，一个做饭。

我们吃的每一顿饭几乎都是父母合作的。

有一次，父亲因为去别人家里帮工，没有给母亲烧火，结果母亲做出的饭就糊锅了。

还有一次，母亲不在家，父亲笨手笨脚地一边自己烧火一边为我们做饭，结果忙得满头大汗，饭却做得一塌糊涂。

当屋子里没有食物的香味，我知道，父母不在。

当屋子里重新有了食物的香味，我知道，父母回来了。我迷恋上屋子里食物的香味，那会让我踏实下来。

每次母亲做饭，父亲都会在灶膛边蹲下来，一根一根地往灶膛里添柴火，那火光映到父亲的脸上，像镀了一层灿烂的霞光。他们有一句没一句地唠着家常，张家长李家短，闲言碎语串成了他们的一个个简单的日子。

父亲烧火，母亲做饭，这就是他们单一的爱情，最简单的幸福。

这就是依靠。

赵伯又上路了，风雨无阻，跟在他那疯疯癫癫的婆娘后面，丈量着贫苦琐碎的光影流年。他不知道他这辈子会跟着她走多久，他只知道，他必须跟在她身后，做她的一把伞、一根拐杖，或者是一树荫凉。

从他们的儿子在矿难中丧生开始，阿婆开始疯癫，开始到处游走，走到哪里，都要问："看到俺儿子了吗？"

阿婆见到什么都想买，赵伯只好当面给她买下了，回头又和卖主赔着笑脸，把东西退回去。很多时候是退不掉的，所以，总能在大街上看到这样的景象：阿婆在前边兴奋异常，引吭高歌，而赵伯跟在后面，拎着大袋小袋，汗流浃背。

阿婆在夏天也会围着头巾，穿着厚厚的呢子大衣。令人奇怪的是，看不到阿婆流汗。倒是跟在后面的赵伯，穿着个背心还大汗淋漓的，仿佛天上的太阳故意为难他，往他的身上多拨了几朵光焰似的。

每次见到他们，我都会很远就打招呼。阿婆照例还是千篇一律的那句："看到俺儿子了吗？"赵伯则憨憨地对我笑笑，不说什么，脸上亦看不出悲苦。

终于，有一次我忍不住劝赵伯："不如送阿婆去精神病院吧，你也好歇歇。"赵伯摇摇头说："不妥，现在这样很好啊，我一点儿不觉得累。在家里窝着也是一天，在外散步也是一天，还能呼吸到野外的新鲜空气，看看没有被污染的云彩，顺便欣赏欣赏山里的风景……"一辈子没陪阿婆郊游过的赵伯，把这些当成了对阿婆的弥补。

我看到赵伯握着一束山花，那灿烂的花，握在他苍老的手心里，显得有些不伦不类，却又那么自然。

后来的一个早晨，我看到了赵伯心急火燎地走着，手上拎着一袋子新买的棉花。我问他怎么没见到阿婆。他说阿婆快不行了，看来这次真的要走了。他买了很多棉花，他说阿婆一辈子都怕冷，要给她做件厚厚的棉衣。

“走吧，让她能够暖乎地上路。”赵伯说这些的时候，脸上依旧没有悲苦的颜色，只有淡定、从容，仿佛前来引领阿婆的不是死神，而是幸福。

赵伯就这样陪着阿婆，慢慢把苦难的人生走尽。

这就是依靠。

邻居一对老两口几乎同时去世，前后相差不到五分钟。

那是发生在我身边的关于两个残疾人的真实故事：

他是一个孤儿，或许是因为自己残疾，父母将他遗弃，或许是别的原因，反正他不知道父母在哪里，也不知道自己姓什么叫什么。有人问起，他就干脆叫自己“吴名”。从懂事的时候开始，他就与垃圾为伍了，每日里在一个个垃圾箱里翻来倒去，捡拾些可以卖钱的东西，艰难度日。十五岁的时候，他在一个垃圾箱旁，看到一个十来岁的女娃，在那里翻垃圾吃。他有些心疼，就带她回了他自己的小窝棚里。从此，他就像对待自己亲妹妹一样地照顾她。

女娃有点轻微的弱智，而他瘸腿，这两个被苦难腌制的生命，从此谁也离不开谁。

如果捡到了一点好东西，例如别人吃剩的半截火腿肠或者破碎的茶蛋什么的，他都舍不得吃，给她留着。她也是，捡到了好东西也给他留着。有一次，她在另一个垃圾箱里捡到了半瓶酒，她兴奋地跑过来，递给他。那是他生平第一次闻到酒的味道，很难闻，但他不明白那些男人为什么喜欢喝酒。他尝试着将它们喝了下去，结果醉得不行，她费了好大的劲才把他拖回家去。

女娃一点点长大了，到了谈婚论嫁的年龄，没想到，她哪也不去，就认准了他，她说要嫁也是嫁给他。就这样，他们结婚了。

靠着捡垃圾，他们竟然一点点盖起了自己的房子，虽然很简陋，但毕竟是自己的。他们有了自己的孩子，孩子是健康的，他们依旧是靠着捡垃圾把孩子供上了大学，参加了工作。苦了一辈子，到了该享福的时候，两个人却一起离开了人世。

他们一辈子形影不离，哪怕是死，仿佛都约定好一样。

这就是依靠。

童年的药箱

子轩有一个小小的药箱，那是他从童年带过来的。那里面藏着一个除了他自己，没有人知道的秘密。

九岁的一天，他用一把小锤子敲了几下自己的手心，有点疼。他觉得很刺激很好玩，又多打了几下，大人们并没有斥责他，却也没有人过来疼惜他，都只是摸摸他的头，报之一笑：这孩子，多调皮。他心里忽然有点不愉快了，如果母亲在，一定会奔跑过来，把他的小手握在她温暖的手里，递到她的唇边，不停地呵着气，而他自己却得意地笑着，因为一点都不疼，反倒被母亲弄得有点痒痒了。

他突发奇想，如果砸的是手背呢？劲儿再使得大一点儿，会不会很疼？会不会流出很多的血？那样就可以得到大人们的关爱了吧？也就可以不去上学，在家里可劲地玩积木盖房子了。

他为自己的想法激动不已，他在等待着某一天来实施他的计划。

他提前给自己做好了准备，给自己预备了一个小药箱，里面有止痛药和纱布。他想万一血流多了，人就会死掉的，所以自己要在流血的时候给自己包扎好，这可不是闹着玩的。

子轩的母亲在他六岁的时候因为一场大病撒手人寰，现在这个照顾他生活起居的女人是他的父亲给他找的继母。他的心思很重，仿佛把自己与世界隔绝开了。妈妈走了，他想再没有人来爱他了。

他从来没有叫过那个女人一声妈，而那个女人似乎也不在乎这些，每天只管埋头在厨房研究她的菜谱。她做的菜倒是蛮好吃的，而且保证一周里每一天的菜式都不一样。她没有工作，就这样把子轩喂得很肥，但在他眼里，她不过是自己嘴馋而已，一个典型的好吃懒做的女人。

可就是这个女人唯一值得称道的厨艺，近来也是大打折扣，不再像以前那么好吃了。

有一天，他无意间听到父亲在厨房里对着她抱怨："最近的菜好像不大合口呢？"她压低了声音说："孩子正是长身体的时候，我得尽量为孩子搭配一点有营养的东西。"

他的心，在那一刻忽然就变得柔软起来，这个在他眼里好吃懒做的胖女人，原来一直是关心自己的啊。尽管母亲不在了，但自己不是一样健健康康地活着吗？继母给自己织的毛衣、手套，每天准时准点的早餐晚餐，井然有序的生活本身，就是对每个家庭成员的一种爱护。

她总有看天气预报的习惯，如果预报了哪天有雨，哪怕那个早上是晴朗的，他的书包里也肯定会装着一把雨伞。北方是节气最明显的地方，冬天的大寒和小寒冷得都不一样。那个女人每个冬天都会给他做两条棉裤，一条薄一些，一条厚一些。每天他放学后，她都会把他鞋子里的鞋垫掏出来扔到炕头上，把他的鞋子拿到炉子边上烘烤；每天早上，帽子、围脖和手套，在她的监督下，他没有一次忘记戴的，那些冷冽的天，他从来没有挨过冻。

人生就像滑梯一样，那些快乐的尖叫声仿佛还没有完全散去，子轩就从童年滑了下来，并快步走上了另一座滑梯：少年。少年是喜欢看云的，每一片云都是那么洁白，每一片云都像极了妈妈的脸。若干年后，他从这座滑梯上滑落下来，尽管有些不情愿，但还是被赶上了青年的滑梯。他那个冒险的计划一直没有来得及实施，他的生命完好无损，每一次滑落都没有受到一点点伤害，他忽然快乐地想，自己有什么理由不快乐呢？那温柔地呵护着他的继母的手，已牢牢地将他围在温暖的篱笆里，让他安然度过了他的每一天。

他就那样健康地走过来了，他永远用不到给自己准备的那个药箱。因为妈妈一直都没有逝去，只是换了一张面孔而已。

生命中的一场日全食

那时，我们只是一群淘气的孩子，只记得年轻的老师领着我们在雪地上奔跑，追赶那轮暗淡无光的太阳。

刚刚下过一场厚厚的雪，覆盖了这个世界所有的缺憾和污垢，广阔的天地间只剩下一张巨大无边的白纸，轻轻托着一颗正在滴血的巨大的心脏。

我们不停地奔跑，只想把太阳抱在怀里。

那是一场日全食，在短暂的黑暗之后，太阳重新统治了世界，那红红的太阳，像一万只鸽子凝固在一起痴情的血，像一万个女人滴在一处相思的眼泪。

年轻的老师说："看，太阳生病了，她又红又大，肯定是被泪水泡涨的。"

太阳怎么会生病？我们不禁笑了起来，只顾在雪地上不停地奔跑、嬉闹。

年轻的老师静静地站在雪地，望着那轮太阳，不停地喃喃低语："憔悴的太阳，是什么让你无法承受世人辛酸的眼泪？"

我们是一群淘气的孩子，年轻的老师经常和我们一起嬉闹。这一次，我们几个最淘气的学生玩得最甚，把老师按倒在雪地上，搜遍他的每个口袋，想搜出他写给别人的情书。他左躲右闪，最后还是被我们搜到了一张女人的照片，是在离心脏最近的那个口袋里。只是，那张照片的背后写着人世间最伤感的一首诗：

冷吗？在与生隔绝的下面。

冷吗？在记忆的潮水里。

我活着，用你惠赐给我的往昔的甘霖。

我不会因你的离去，

而把你的照片镶上黑色的框。

相反地，我要用阳光涂你的脸，

用海洋收藏你的眼泪。

因为我们还有着，共同的心跳。

……

我们拿着那张女人的照片，谁也不再说话，天上的太阳依然血一般的红，有风将一瓣瓣雪花吹到她的胸口。我们现在才懂得，那天的天空中飘飞的白色花瓣，是一种无声的、美丽的祭悼。

我们是后来才从大人们嘴里知道的，照片上的女人是老师的未婚妻，是第一个来我们村子支援偏僻山区教育事业的大学毕业生。那时，他们两地相隔，她唯一的感情寄托就是半个月才能读到的他寄来的书信。信要到二十里地以外的小镇上去取，她每个月去两次，一号和十五号。信是厚厚的，像一本书一样，由于超重，信封上一张一张贴满了邮票。由于交通不方便，他常常把几封信一起邮过来。而她一天当中最快乐的事就是在给孩子们判完作业后拿出他的情书来读，就着窗外美丽的月色，一边哭泣一边幸福着。

一天晚上，她偎在被子里读她刚刚去小镇上取回的信。就在那个简陋的木屋里，一只老鼠钻进了她的被子，过度惊吓造成了她的精神分裂。以后的日子里，她的精神总是恍恍惚惚，学生们不知道发生了什么事，不知道他们的老师为什么上着课突然自言自语起来。有时候她会忘掉一切，脑海中一片空白，可是每当到了一号和十五号，她都仿佛有感应一样，不由自主地去小镇上的邮局取信。在一个没有任何征兆的阳光灿烂的日子里，在通往小镇的路上，她跌进一条并不湍急的小河，再也没有上来，像一只飞累了的蛾子，惬意地舒展开翅膀，将一层淡淡的茉莉花香洒满小河的周围……

痛失爱人的悲伤让老师在很长一段时间里沉默无语，刚来到我们这个小村子的时候，村里人说他瘦削苍白得像一个濒危的病人。村里人看到他每天都去那条夺去他爱人生命的小河旁，一坐就是一整天。

后来，他做了一个让全村人都肃然起敬的决定，让刚刚失去老师的孩子们重新回到了教室，他说他要在这个村子里教书，完成她未竟的事业。他又可以快乐了，因为他觉得他仍然和她在一起，他们做着同样的事，有着同样的思想，用知识为一批又一批的孩子们插上翅膀，使他们飞出偏僻的山沟。

他依然写着情意绵绵的信，给他那个注定要分居一生但至死不渝的爱人。写好了就将它们叠成纸船，放泊到那条小河里。如果有花瓣或者落叶漂过来，他就会认为那是她的回信了。

我们没有看到过老师的眼泪，老师在我们面前始终是个快乐的人，是雪地上的那场日全食泄露了老师心底的悲伤。

想到尘世中的人，想到一些或高贵或卑微的生命，那生生世世无法愈合的伤口，那时时刻刻无法安宁的疼痛，便是生命中一次次悲壮的日食。是啊，再伟大再坚强的生命也有它脆弱的一面，正如太阳也会生病，也有容颜憔悴暗淡无光的时刻，尽管它是我们精神上的父亲，每天都在为我们灌输着血液和真理。

但再大的风雪也无法阻挡明天的太阳。每个人的生命中都曾有过灰暗的时候，每一片命运的雪地上，都会掺杂着一些苦难的盐。每一条道路上都有人等待重新出发，世界的每一个早晨都是新的，崭新得让坠落的灵魂羞愧。

在以后的岁月里，我又看到了很多次日食，始终觉得少年时的那场日食是最美的一次，因为它美得悲壮，美得惊心动魄。每当我一次次返回那些让记忆憔悴的日子，就会想起年轻的老师领着我们在雪地上奔跑的情景。接二连三的打击使老师额头上的阳光渐渐淡却，但他依然领着我们奔跑，那样的灵魂不会因为一场日食而灰暗所有的日子，不会用记忆的灰色绳索捆绑激情的翅膀。

我又一次回到那片雪地，不知疲倦地奔跑，气喘吁吁仍不肯停下来。

我奔跑，追赶着太阳，踩着当年留下的脚印。

祖母是一片不知愁的落叶

门半开半闭，如秋之眸。

立秋了，吃过这些饺子，眼前的一切就都变成了夏天的遗骸。它们齐刷刷地排列在你的视野里，令你无力躲闪。例如树上那些坚守到最后的果实，健康地存活下来，把完美的心一直留到晚年。这已经是个奇迹，我们还有必要担心它晚节不保吗？深秋的葡萄，像含冤的眼睛，虽然被秋霜凌辱，却依旧鲜亮，晶莹剔透，闪着不肯谢幕的光。

阳光不再蹦蹦跳跳，像顽皮的孩子一下子变成了少年，一下子就有了心事。阳光开始为那些在秋天里哀愁着的人工作了，为他们摊开伤心的绿，晾晒着寂寞的红。

其实天气还没变，一如往昔，艳阳高挂，心却不知不觉间有了凉丝丝的感觉。因为叶子落了，曾经的青春不复存在，流行歌曲里照旧挥霍着用之不竭的情感，但任凭沙哑的歌喉怎样声嘶力竭地挽留，青春都不再回头，你能做的，只有默默地清扫这满地狼藉。

也有不知愁的叶儿们，它们调皮地打着旋儿，姿态优雅，把生命中的大去当成一次惬意的旅行。

怀念祖母，是从一片叶子开始的，秋天的叶子。

叶子上错综复杂的脉络，像极了祖母的皱纹，但祖母并不悲伤，祖母的额头经常是金光闪闪，阳光喜欢在那里安营扎寨，那令人愉快的微笑常常使她的皱纹像是在跳舞。

在我的记忆里，祖母总是拿着扫把，试图把所有的哀怨清扫干净，只留给我们无忧无虑的鸟鸣。

祖母在那些落叶里不停地翻检，把中意的握在手心。祖母喜欢收藏落叶，这个习惯终生未曾改变。这个习惯让我感觉到，祖母永远不会衰老下去。

我在祖母的书里看到过那些落叶。祖母喜欢看书，她的书里总是夹着各种各样的落叶，仿佛是她为自己的青春留下的标记。每一段青春，都是一片叶子，那些青春的遗骸、无法言说的旧日时光，成了书签，丈量着一本书的里程，时刻提醒着你，哪些句子需要再一次的爱抚，哪些情节需要重温。

我从来没有见过自己的祖父，父亲告诉我，祖父和祖母结婚一年后就从军了，再也没有回来。作为军烈属的祖母受到了很多人的尊重，然而却没有人可以安抚她内心的苦痛。祖母习惯在那些叶子上面写字，一句半句的，大多都是哀婉的宋词。我想那是祖母用她自己的方式怀念着祖父吧。每年清明的时候，我就会看到祖母去祖父的坟前，把那些写了字的叶子铺满坟头，景象灿烂而华丽。这么多年，我没有见过祖母掉一滴眼泪，但我知道，她的心就像是蓄了雨的云，轻轻地挤一下，就会泪雨滂沱，只是别人无法看见。祖母的眼泪，只居住在她自己的云里。

不管天气的好坏，祖母总是会大声爽朗地笑，祖母的苦难像一座山，把她的脊背压弯，却压不弯她热爱生活的心。

在那些叶子上写字的时候，祖母是小心翼翼的，仿佛怕碰坏了一份念想。写上了字的叶子，就如同被装上了灵魂，重新活了过来。我想只有祖母懂得那些落叶，也只有那些落叶懂得祖母，她们惺惺相惜，彼此嘘寒问暖。

怀念祖母，是从一片叶子开始的——替那些果实遮过荫凉、从枝头跌落、背井离乡的叶子。

祖母在秋天的离世毫无任何征兆，只是那一天刮了很大的风，院子里的那棵老柳树稀里哗啦地掉落了所有的叶子。其实，也只有风能让叶子喘息或者感叹，在叶子的生命中，风往往扮演着接生婆和送行者的双重角色，所以叶子的心思只和风说，它只和风窃窃私语。

落叶也有遗言吗？在离开枝头的刹那，它和风都说了什么？谁听过它们交代的后事？

那些齐刷刷掉落的叶子们，是去陪祖母了吗？

我想，如果祖母是落叶，那么风一定是祖父。他们之间，有那么多缠绕不清的爱意。

我的祖母——一片写满诗句的落叶，一片不知愁的落叶，把生命中的大去当作一场旅行。

落叶从不惊叫，哪怕你踩到它的脊背。不像雪，不论你走得多轻，都会在你的脚下呻吟，仿佛它们的骨头被踩碎了。

落叶从不惊叫，哪怕经历再多的苦难，她都只是去和风窃窃私语。

我似乎听到了落叶在说：等我，来赴一个灿烂的约会。在此之前，请好好生活，各自珍重！

月亮再弯，亮着就好

周末的时候，我路过一个电话亭，看到一个农民工在那里打电话。由于大街上喧嚣吵闹，他不得不拿着话筒用很土的方言大声地喊着：“老婆，我好着呢，吃得好睡得好，穿得也好。大城市真漂亮……”与此同时，我看到了他另一只脏兮兮的手上握着的两个馒头。那是他的午餐，我看到他狼吞虎咽地吃着，吃得很香。

阳光下一群工人在做着他们的活计，热汗淋漓，他们有一句没一句地开着无伤大雅的玩笑，手上忙碌着，心里简单着。这种室外的工作是令人愉快的，很难有人在春天的阳光下在一群人之中冥想自己的烦恼——一件工作有时会因为它的环境而变成一种享受，特别是当人们处在大自然中，头上的树木正在发芽，身边的地上落满了柳絮，他们呼吸着植物在这个季节特有的涩香的味道，阳光轻柔地抚在他们身上，而他们的工作又并不繁琐，在这时，谁知道他们是否会有一种温醺的陶醉呢？仿佛世外桃源里的生活，他们只是一些“不知秦汉，无论魏晋”的始民。

这些快乐的人们让我想起了兰表姐。

姑妈家的兰表姐是我们家族里的第一个大学生，一直都是我们引以为豪的榜样。读大学的时候，她是班级里家境最为贫寒的一个，衣服轻易不买件新的，饭菜从来舍不得买贵的。但是爱笑的兰表姐始终快乐着，脸上全是对未来的憧憬。

临毕业了，兰表姐处了隔壁大学的一位男同学做朋友。那男生家在外省的农村，家里也很穷。姑父知道兰表姐处男朋友的消息后，几经辗转去了那同学的家乡。姑父是悄悄去的，那时候男同学家的院子里正凌乱地荒凉着，草房子的房顶上茂盛的野草正肆意地迎风飘扬。姑父的心当时就凉了半截。回来后，对兰表姐说的第一句话就是：“咱家就够穷的了，你怎么找了个比咱家还穷的对象啊？”

但这并没有阻止兰表姐的爱情。在亲人的反对声中，他们结婚了。新房是一间租来的房子，冬天的屋子如一座“水晶宫”，到处是亮晶晶的冰霜，沁着凉气。姐夫去山上砍了一大堆湿木头，守在炉子边上，不停地拨弄着，试图为贫穷的生活拨弄出一些希望的火苗来。可那些木头很湿，屋子里弥散着浓烟，呛得他们不停地咳嗽。即便是在那么不堪的环境里，兰表姐的嗓子眼里，依然哼着快乐的曲调。用姑妈的话讲，兰表姐的心很大，大得有些“傻”。

兰表姐和姐夫起初一直没有找到合适的工作，他们就临时去附近的啤酒厂刷酒瓶子，两个人在冰冷的车间刷了一天，脚上的鞋子都冻了，终于挣到了他们结婚以来的第一笔工资：十五块五角钱。他们用这些钱犒劳了自己，买了肉和芹菜，包了饺子，然后两个人就在那个快乐的傍晚不停地打着幸福的饱嗝。

我是在兰表姐最困难的时候见到她的。姑妈生气兰表姐不听他们的忠告，结婚后一次都没有去看过她，但心里总是惦记的。正好那时候我读初中，在姑妈家借住，姑妈就趁我放假的时候让我带上一些钱去看看兰表姐。见到兰表姐的时候，我着实大吃了一惊。之前我从姑妈口中略知了一些关于兰表姐的生活状况，但没想到会这样糟：低矮破旧的屋子里一贫如洗，看着让人直想落泪。但就是那样贫穷的地方，却到处是干干净净的，尤其是床上的行李，洁白得有些耀眼。窗台上一盆野菊花开得正艳，给他们凄楚的生活带来了黄灿灿的希望。

兰表姐没有钱买菜，就让姐夫做了个筛网，领着我去小河边捞泥鳅，我们一边说笑一边抓鱼，捞了整整一个上午，结果只捞上来十一条小指那么粗的泥鳅，外加一只蛤蟆。兰表姐喜滋滋地捧回去，生了火，为我做了酱泥鳅。那是我吃过的最好吃的穷人的佳肴。

我哽咽着，眼泪在我的眼圈里直打转，兰表姐却快乐地对我说，等你再来，姐一定请你吃大馆子。她说困难是暂时的，她说曙光在前头。

贫穷一点都没有夺走她快乐的天性。

后来兰表姐和姐夫双双考上了公务员，领着令人羡慕的工资。想起这段曾经贫寒的过往，兰表姐备感珍惜。每每我的生活现出窘境，在QQ里和兰表姐诉苦时，兰表姐总会拿她的这一段过往说事，以至于她的这段经历成了我们耳熟能详的教科书了。

“看到天上那轮窄窄的下弦月了吗？那就是你不圆满的人生，但是，你看它依然明亮着，从不蹙紧眉头，它会乐观地生活，直到把自己走成上弦月，走成夜空的满满的温暖的怀抱。”不愧是有文化的兰表姐，说的话总是那么有诗意，让我的心一截一截地柔软下去。

兰表姐说：“月亮再弯，亮着就好。”

那只向我挥手的蚂蚁

父亲，这个终生陪我走路的人，在光阴的面前瘦了、矮了。现在，我要把他的背影碾成墨，写出一份比海洋更深沉的思念。

小时候，因为住在山沟里，所以上学要走很长一段山路。父亲日复一日，送我上学。父亲没有太多的话，一路上只能听到他虎虎生风的脚步声。有一天，父亲的脚崴了，他对我说："你都上五年级了，是男子汉的话就锻炼一下胆量。今天爸爸脚崴了，你自己上学吧。"我虽然心里害怕，可是不想让一家人嘲笑我，就一把抓起书包，豪情万丈地走出家门。刚走出家门口，就开始胆怯起来，尤其是走过那片茂密丛林的时候，猫着腰，不敢发出声响，心也砰砰直跳，总觉得身后有什么黑乎乎的东西跟着。我就不停地回头，就真的看到了一个人影，正一瘸一拐地跟着我。我看清了，是父亲！我顿时昂首挺胸，一边走一边还故意哼哼起儿歌来。父亲以为我不知道他在身后，其实从那时起，我就知道了，这一辈子，那山一样的父爱会始终在我的身后如影跟随。

高考落榜的那年冬天，外省的亲戚给父亲写信，说为我找了份差事，让我去那边打工。送我走的时候，父亲一如往常，在身后默默地跟着。我劝父亲回去，因为我不想在车站看到和父亲分别的场面，我是一个眼窝子浅的人，我怕我的眼泪决堤。父亲执拗得很，说："帮你把行李拎到站里去吧，怪沉的。"到了候车室，父亲从棉袄最里层的口袋里掏出一沓整整齐齐的零钱，一捆一捆的，我看见那些钱潮乎乎的，似乎在冒着热气儿。父亲让我把它们都带上，甚至没有给自己留一元钱的回程车费。

“我走着回去就行了。”父亲说，“也没多远。十多里的路，一眨眼就到家了。”

我非要让父亲带回去一些钱，父亲不肯。我和父亲撕扯着，谁也不肯妥协。我知道父亲的脾气，只好硬了心肠收下那些潮乎乎的钱。父亲忽然想到了什么似的，又把那些钱要了回去，对我说：“你等我一会儿，马上回来。”就看到他急急忙忙地钻进人群中。父亲在大街上左顾右盼，不懂红绿灯，险些被一辆轿车撞到。那个司机大声地呵斥父亲，我看到父亲点头哈腰，对着人家满脸谦卑地赔着不是。

火车要开了，父亲还没有回来，我很着急，却也有些庆幸。我想这下父亲可以把那些钱拿回去，也不用遭罪走着回去了。不想父亲一路跑着回来了，他跑起来的姿势很怪异，有点一瘸一拐的。我问他的脚怎么了，父亲一个劲地说：“没啥，就是崴了一下。”然后从兜里掏出一张崭新的百元票子和几张零块的，“我去储蓄所给你换了个整票的，这样带着安全。这些零钱你也带着在路上花，别饿肚子。”

我的眼泪终于不争气地涌了出来，大冷的天，父亲却跑得大汗淋漓，只为了找个储蓄所给我“化零为整”。

火车徐徐开动，我看到父亲一直站在那里，父亲渐渐地小了，小成一只不停地向我挥着手的蚂蚁。

那不停地挥着手的蚂蚁，在我的心底沉淀着，慢慢沉淀成一滴墨。

我这一走就是几年，回来的时候，父亲明显老了很多，背也有些微微的驼了。

记得更小的时候，父亲最爱举起我，放我在粗粗的树干上，看我摇摇晃晃的样子，就咧着嘴大笑。父亲，是我的菩提树，一直呵护着我随心所欲地长大。待我真的长大了，却经常不在他的身边，偶尔在周末陪陪他的时候，他也会说：“去吧，该干嘛干嘛去。累了，就回家。”然后就看见他拖着不再健康的身体，在黄昏里缓缓地踱来踱去，心不自觉地跟着悲凉起来，不敢想象，这个在站台上，不停地向我挥手的蚂蚁，会不会有一天突然地消失，像一滴墨水离开一张纸，让我的世界变得一片空白呢！

父亲在黄昏里的背影是萧瑟的，但就是这个微微颤抖的背影，包裹着我所有的幸福。冬天，我在父亲的背影里取暖；夏日，我在父亲的背影里乘凉。

一个慢慢远去的人，一个渐行渐远的背影，他是我生命中的一滴墨，浓浓的，饱含深情。

蘸着它，能写出一段感动灵魂的诗；蘸着它，能绘出一幅浓墨重彩的画。

善良做芯，爱心当罩

父亲做灯笼的手艺远近闻名，但父亲从不以此为业，不靠它来赚钱。许多人为父亲遗憾，嫌他浪费了这一身手艺。父亲却总是憨厚地笑着说：“当玩了，闲着也是闲着。”

逢年过节，很多人家都来求父亲做灯笼。自然不会白求，家境殷实些的，会给些闲钱。所以童年里，我们过年总会吃到很多好吃的，也有新衣服穿，放的鞭炮也多，和别人家的孩子比，我们算是幸福的了。家境贫寒的穷人，会拿些粮食来求灯笼，他们宁可从嘴里省出来几升粮食，也要做个大红灯笼，图个喜气。他们心中，有一个思想根深蒂固，他们把灯笼当成一种寄托，当成了好日子的火种。父亲一视同仁，不管对方是穷人还是富人，一律应允，害得自己整个腊月都闲不下来，忙得昏天黑地。但望着一家家大红灯笼高高挂，父亲就会一边抽着烟袋，一边很满足地笑，把眼睛眯成了一条连“小咬儿”都钻不进去的缝。

父亲的灯笼完全是用竹子制成的，而且用以编织的竹篾十分精细。这种呈椭圆形的灯笼被称为长命灯，也叫火葫芦或火蛋灯，灯笼通体由竹子制成，故有富贵驱邪之说。竹子四季常青，在民间寓意长命富贵。依我们这里的民俗，逢年节点亮竹制灯笼不仅增加年气，还可保一辈子不受穷。另有虔诚的人说，如果哪家媳妇婚后没有身孕，娘家妈便会在除夕夜偷偷将灯笼点亮悬挂在女儿寝房外，按照此法尝试，来年肯定能抱上孙子。还有的人说，点上灯笼，可以使家里人都健健康康的，没病没灾。各种各样的说法，不一而足，但中心只有一个，都是些善良而美好的愿望。

点灯笼还有讲究，正月过完，一般要将灯笼燃尽，迷信的老人说把灯笼留到来年会对子孙不利。不过父亲舍不得将它烧掉，正月后，将灯笼芯掏空，再用布将两端缝合，就给了我当蝈蝈笼子。

做灯笼是个细致活儿，需经过片竹、削竹、编织、定型、上纸、写字、上油等繁锁的过程，每个过程都需要严谨的操作，只有在灯笼腰身糊裱上一圈红色皱纹纸的时候，灯笼才有了灵魂，细密的纹路衬上红色，一份喜气便骤然附到灯笼身上，挥之不去。

父亲认真对待每一个灯笼，从不糊弄别人，一丝不苟地编制着手中的灯笼，他虔诚地认为，每个灯笼都是有灵魂的，只有认认真真地编制，每尺每寸都一丝不苟地完成，让每根竹条都规规矩矩、恰到好处地排好队、站好岗，灵魂才能在灯笼的身体里待得安稳。那些灯笼做好后，父亲的手上便落满疮疤，那都是让锋利的竹条划伤的。

邻居拴柱来求灯笼，拿来了半袋米。他挠着头，不好意思地对父亲说，因为领阿爸去治病，过年才回来，没赶上定做灯笼，只想来碰碰运气，看父亲有没有多做出一个来。我们知道，拴柱家境贫寒，而且家里的老人病了很久，花了很多钱医治，吃了很多的药也不见效。

“我只想把灯笼高高地挂起来，没准那样阿爸的病很快就会好了。”拴柱充满期待地说，仿佛这灯笼真的成了救命良方。

父亲刚开始犹豫了一下，但听到拴柱这样说，便斩钉截铁地说道：“有，正好多一个。”父亲从里屋拿出了一个又红又大的灯笼递给拴柱，“把这个拿回家挂上吧，希望它能灵验，让你阿爸的病早日好起来。”拴柱一个劲地道谢。父亲还撵出家门，硬是把那半袋米原封不动地塞给了拴柱。父亲心软，看不得别人的苦。“你们家条件不好，这个就拿回去吧，这可是你们过年要吃的白米饭啊。那个灯笼算我送给你们的。”

拴柱被父亲感动了，堂堂一个五尺汉子，在父亲面前直抹眼泪。

那是所有灯笼中做得最好的灯笼，那是我们留着自己挂的灯笼，可是父亲却白白将它送人了。我在心里和父亲赌气，嫌他把自己家的灯笼送给了别人。父亲却说，如果拴柱那个虔诚的愿望可以成真，那么我选这个最好的给他，自然就会更灵验一些。

那一年，我们家虽然没有挂起灯笼，但左邻右舍高高挂起的灯笼，那些被赋予了灵魂的灯笼，仿佛格外地惦记着制造它们的人，争着要把光亮照过来似的，把我家的院子照得透亮。人们不约而同地仰起了头，看着那光闪闪的被赋予了生命的喜气的家伙，用对生活最大的热爱将一年的快乐都渲染在灯笼上，仿佛看到了光灿灿的丰收的年景，看到了衣食无忧的将来，看到了一个个即将成真的美好愿望……父亲微微有些喝醉，看着那些在风中飘荡的红红的灯笼，不无骄傲地说，总算没有瞎了这身手艺。

现在我才懂得，父亲在编制那些灯笼的时候，把自己也做成了一盏灯笼，用善良做芯儿，用爱心当罩。这盏灯笼高挂在我的心里，一生都不会熄灭。

步步登高的花

步登高，极俗极艳的一种花，像一个浓妆艳抹的女人，一个心地善良、怀揣着一切美好的愿望奔波在滚滚红尘的女人。再大的风雨也洗褪不去她的艳丽，她像火苗，有一颗始终朝向阳光生长的心。

第一次听到步登高这个欢天喜地的名字，是奶奶告诉我的。那时候家里很穷，常常是吃了上顿愁下顿，院子里所有能利用的地方都被开垦种上了蔬菜。可就是这样，奶奶仍然会在这些“黄金地段”里辟出一块小窄条来，种上了这种叫步登高的花。奶奶说，种上步登高，会保佑我们步步登高，越过越好。

奶奶很虔诚，年复一年地种同一种花，仿佛种下了对未来的憧憬。

步登高，带着她瑰丽而又平凡的梦想，盛开在人生的花园里。在那个灰暗的年代里，艳丽的步登高曾经拨亮了我们心里一盏盏微弱而又灿烂的火苗。

很小的时候，我们懵懂无知。母亲说奶奶是地主出身，让我们和她划清界限。于是，我们总拿奶奶当敌人，越是奶奶喜欢的东西，越是要想法子破坏它。有一次，我故意绊倒了几棵步登高花，奶奶很生气地说我不懂事，然后把绊倒的花一棵一棵地扶起来，又用线绳绑在一根根小木棍上，细致呵护的神态像是在照料婴儿。我却躲在一旁，幸灾乐祸地笑。

奶奶不是我的亲奶奶，是爷爷后娶过来的。母亲与奶奶的关系不好，二人之间常常剑拔弩张。爷爷在中间总是一言不发，他不管奶奶，也不训斥自己的儿媳，不过只要爷爷一出现，战事就会稍微平息一些，毕竟母亲是有些惧怕爷爷的。奶奶仗着爷爷这棵树，也算过了几天享福的日子。自从爷爷去世以后，境况就大不一样了，母亲没了顾忌，遇到不顺心的事就找奶奶的茬儿，奶奶也是个刚强的人，两人就你一言我一语，互相中伤，害得家无宁日。

受母亲的影响，我对奶奶的印象一直不好。奶奶喜欢干净，整天拿着扫帚扫来扫去，母亲就说她是“扫把星”，把爷爷克死了，还把我们朱家的财运扫跑了。她们吵架的时候，我自然是帮着母亲。为了母亲，我甚至骂过奶奶，我骂她老妖精，那是母亲嘴里经常冒出来的恶毒的词儿。

当然，母亲和奶奶之间也不完全是战争。母亲心情好的时候，对奶奶也会和颜悦色些。那时候，我就会被允许去奶奶屋里。我是很乐意去的，因为奶奶有一个神秘的大箱子。

在我眼里，那就是一个百宝箱。奶奶总会像变戏法一样从里面翻出来很多好吃的，例如糖块，例如发硬了的蛋糕。奶奶拿着好吃的，一个劲地让我喊她奶奶。我使劲拨浪着脑袋，叫不出口。奶奶很伤心的样子，却依然会把好吃的给我吃。其实那些东西都是奶奶生病的时候，邻居们送过来的，奶奶不舍得吃，放进了箱子里。到最后，都进了我这个小馋猫的肚子。对此，我却没有一丁点儿的感激，也没有因此而叫过她一声奶奶，毕竟母亲灌输给了我太多对地主和剥削阶级的仇恨。

在这样“战事频繁”的境况下，奶奶仍旧不忘栽种她的步登高花。我想，她在栽种步登高花的时候，一定是怀揣着心愿的，她最大的心愿大概就是希望母亲能宽容地对她，让她在有生之年再享受到一点点温情吧。

上初中的时候，我已经能够理性地看待奶奶和母亲之间的恩怨了。有一次，我看见奶奶拿着抹布不停地擦拭着爷爷的遗像，眼里噙满泪水。那一刻，情感的天平第一次倾向了奶奶这边，我忽然觉得奶奶很可怜。根据这里的习俗，死后只有原配夫妻才能葬在一起，奶奶不知会被葬到哪个孤独的山头上，与爷爷永世相隔，这是奶奶长久以来挥之不去的忧伤。

在我心里，奶奶一直都是很神秘的，因为她不会挣钱，可是却总能给我一些零花钱。奶奶是怎样攒下钱的，是一个无人能解开的谜。奶奶常常询问我的学习情况，如果哪次考试考了百分，奶奶就会格外地多奖励我一些零花钱。为了奶奶的这个奖励，我在无形中努力学习，这或许是我一直以来学习都很好的一个原因吧。

除了吃奶奶的食物和去领奶奶奖励的零花钱的时候，能和奶奶在一起说说话之外，其余的时间我很少去她的房间。奶奶一直都是一个人待在她的房间里，悄无声息。她唯一的乐趣就是和那些步登高待在一起，她常常拿着一个小板凳，坐在那些盛开的步登高中间，无声地晒着太阳。那时已是秋天，可是步登高却开得正盛，她有不愿凋残的个性，似乎有个永远年轻的蕊，不断不断地向外绽放着花瓣，直到深秋，直到冬天来叩门的时候，才极不情愿地纷纷谢幕。即便如此，步登高的花瓣依然鲜艳如初，像那些被精心处理过的标本。奶奶会将她们折下来，放到她的黑屋子里，装点一下她晦暗的生命。

整个冬天，奶奶足不出户。

为了能让我多陪陪她，奶奶会不停地翻弄她的箱子，不停地找自己藏起来的好东西给我。有一次，奶奶翻弄了半天，竟然找到了一瓶糖水罐头！看着我馋涎欲滴的样子，奶奶又一次让我喊她奶奶。我经不住那瓶罐头的诱惑，索性说了一大串奶奶。奶奶开心极了，一把抱住我，喃喃低语着：“俺的好孙子，俺的好孙子……”然后盘腿坐在炕上，美滋滋地看着我吃。可是我吃了一口就吐了出去，罐头是苦的，因为放的时间太长了，罐头已经变质了。母亲知道了，一把抢过我手里发了霉的罐头，扔出去很远，一边大声地训斥奶奶，说她没安好心，存心要害我，要我以后不要再吃她的东西。母亲往外拽我，我回头看到奶奶哭了，混浊的泪水肆意流淌在她满是皱纹的脸上。

又一年，大片大片步登高开得烂漫的时候，奶奶去世了。临终时，她嘴里喃喃不休地念叨着什么，仔细听来却是“步登高”三个字。原来，在我们这里，步登高是心愿之花，死去的人如果用步登高花瓣铺床，生前许下的心愿就会实现。奶奶一生的心愿大概就是能和爷爷葬在一起吧？我们把院子里所有的步登高花全都摘了回来，一瓣一瓣铺满奶奶的床。

艳丽的步登高为这个灰白的早晨带来了一丝暖色，它会引领奶奶步入天堂吗？

看着我们把步登高花瓣铺满了她的床，奶奶松了一口气，摩挲着我的头吃力地说着：“这下好了……孩儿……能……考上大学了……”我心头一震，没想到奶奶临终时最大的心愿竟是为了我这个不孝的孙子。当时我正面临中考，奶奶一直在为我祈祷，而我竟浑然不觉。那一刻，一股巨大的疼痛如同暗礁猛烈撞击着我的心，我才感知到，我正在失去一位至亲至爱的人！我扑到奶奶身上，声嘶力竭地唤着“奶奶”，这是我第一次也是最后一次真心地喊她“奶奶”。奶奶微微翕动了一下嘴角，我知道奶奶是在微笑，奶奶在微笑中安详平静地闭上了双眼。

下葬的时候，母亲愧疚地对父亲说：“娘生前命苦，俺没能好好待她。死后就让她享点福，咱把她葬到父亲坟上去吧。”

奶奶去世后不久，我顺利考取了县重点高中。全家人都相信，那是奶奶保佑的。步登高从此也就成了我们家的“家花”，年年都种。步登高，她很俗很艳，但我相信她是很吉利的花，每年到了祭奠先人的日子，我都会摘下一大把放到奶奶的坟上，陪奶奶说说话。

每一次，我都会在那些花瓣中间依稀看见奶奶的影子。

每朵云都是一张亲人的脸

云，就那样飘来荡去，自由自在地在天空玩耍。有时候变成一朵最妖冶的花，闪着夺目的光华；有时候变成最薄的宣纸，等着诗人去泼墨挥毫；有时候变成最轻的羽毛，煽动起怀念的微风；有时候变成最软的雪，覆盖着一些你爱的名字。

一块干净的风，轻拭她的额头，是在探测她的体温吗？云是最高处的慵懒的鸟，栖息在天空的胸脯，无比快乐。

这个下午，我伏在窗台上，看见了云，沉重的心变得轻盈。忽然间想在云的信笺上写封家书，亲人们，你们好吗？

小时候，总喜欢和哥哥姐姐们躺在高高的柴垛上，等着父母下班回家。愚钝的姐姐总是不厌其烦地去拨快座钟的时针，让它尽快走到那个幸福的时刻。这掩耳盗铃的把戏一度让她美滋滋地等待，又一次次失望。“这钟怕是出毛病了，总是走错点呢。”父亲一边调试钟点一边有些狐疑地望着我们。这个时候，姐姐就红了脸，低下了头。她以为她操纵了一座钟表，就能左右了时间，控制了岁月。我可爱的傻姐姐，果能那样，青春便不会从你身上掉落，你也不会远嫁他乡，我们也就听不到你在电话那边的哭泣，我们也可以永远相守在青春年少的花园里，捉我们永远也捉不完的迷藏。

那些傍晚的时光，我们一边望着天上的云朵，一边数着路上的车。哥哥拿着一张很大的烙饼，路上过来一辆马车，他就为我们揪下一小块；过来一辆自行车，就揪下更小的一块；路过一辆汽车，就扯下很大的一块。

那个时候的车很少，一张烙饼够我们吃一个下午。我们哼着童谣，猜着谜语，用这样的方式等待着亲人的归来。那时的天空，蓝得像海水；云朵，洁白得像刚出生的婴儿。

更记得少年时在姥姥家的情形。姥姥家在乡下，姥姥是个驼背的小脚老太太，对我宠爱有加。每一次见面后，都要先为我煮上两个新鲜的大鹅蛋。走的时候，更是千叮咛万嘱咐，总以为我走出她的视线之后，就变成了摇摇晃晃的弱不禁风的草。当我听完了她的叮咛走出不到十米，她就又会赶着小脚上来，再想些嘱咐的话让我记着，例如哪一段路上有积水别在那里玩，哪里的墙快倒了走时离它远点儿。常常让我哭笑不得的是听完她的话我都觉得要寸步难行了，不过听不听也仍是难行的，因为当她这样三番两次叮嘱完后，我走出更远的距离以为终于轻松了的时候，她总是又在身后气喘吁吁地喊我的名字，有时只为了看看我的包带是否结实，有时只为了把前几分钟里的话再重说一遍。而回望她青灰瘦小的背影远到似乎从未在田埂上出现，我却还是不能确定她会不会再突然追赶上来。或者因为我怕走得远了让她追得更辛苦，我开始在那个地点磨蹭，踢踢土疙瘩，或是查看身边地里都长的什么秧苗，抬头看着天空，一朵朵云，仿佛每一朵都是亲人的脸。直到天快黑了，时间久到可以确定她是不会再来了，这才放心地撒开双腿在荒凉的野径上狂奔，去赶通往城里的最后一班公共汽车。那个时候，我不怕摔疼，我怕心疼。

一片叶子打到我的脸上，绊倒了我从遥远的地方一路走来的回忆。你看，我还是经不起眼前一粒尘埃的触动啊！那么愣愣地伏在窗台上看云的日子，让我重新年轻过来。一颗童心，原是一刻都没有离开过的，只是被我藏匿了太久。

快速而紧张的现代生活让我遗忘了我的云朵，唯一的一点诗意被逼得走投无路。洁白耀眼的云朵，就那样做着我们灵魂上的补丁，默默慰藉着我们在人世左奔右突的尘心。

我们在低处奔波劳碌，背井离乡，云却在最高的地方怀念亲人。

周末，领着孩子去郊游，顺道让她背了画板练习写生。女儿喜欢画云彩，拿着画板像模像样地画了起来，把大朵大朵的云搬运到她的画板上。女儿画的云朵都很鲜活，栩栩如生。一边画，一边对我们说，这朵云是奶奶，因为它生满了皱纹；这朵云是妈妈，因为它一挤就要流眼泪；那朵云是爸爸，因为他高高在上……

女儿是带着爱来画那一朵朵云的。在她看来，那些云，每一朵都是一张亲人的脸，不管它变幻成哪种姿势、哪种容颜，无法更改的，始终是一张张亲人的脸。

第四辑

哀伤的
特快专递

小鼹鼠不停地打着洞，它想掩埋月亮，像掩埋一枚坚果一样，留着过冬。可是它发现，自己是徒劳的，月亮怎么埋也埋不起来。干脆，就看一会儿它啊。

它仰躺到了地上，让柔软的肚皮对着月亮一起一伏，月亮还真是美啊！

丁香绕

楼下小花园里的丁香开了，一波又一波的香，环环绕绕，奔袭而来！

丁香花的个头极小，很单薄，但它们懂得抱成团，簇拥着，一串串，相扶相携，如此，才有了和别的花朵争芳的勇气和信心。

道路两旁的花树被修剪得整整齐齐，唯独它们不守规矩，淘气地向外探着脑袋，闪着不受束缚的、自由的光，像挂在竹篮外面的彩色铃铛。

虽然淘气，但它们并不做张扬之事，不像桃花和杏花，日本艺伎一样，比着往脸上涂脂抹粉，争分夺秒地献媚，以求春天的恩宠。只是，妆化得太浓，总显得不健康，萎谢得自然也快，失宠的花瓣蔫吧着，如同用旧了的手帕，百褶丛生，看上去甚至不如一棵草漂亮。

丁香花们却精灵得很，一个个仿佛商量好了一般，有先起床的，有后洗脸刷牙的，反正，都不在同一个时间做同样的事，这样，你就会看到，整树的丁香花此起彼伏地开放，这边的落了，那边的开，所以，它们的花期看上去比桃花和杏花要长许多。

丁香，绝不是什么高贵的名花，是普普通通的属于市侩的花。她们是这个城市里最多的一种花，超市门口、烧烤店前、大排档旁，都能寻到它们的身影，探着头，好奇地打量这个光怪陆离的尘世。有时候被烧烤店的煤烟熏得黑了眉毛，有时候被大排档里的客人用啤酒浇了头……即便如此，只要一场雨就够了，它们就会让自己变得干净起来，香气也依然纯正。冬天，它们的花落了，藏起所有的香气，可依然大有用途，浑身被挂满一串串彩灯，天黑下来，它们就会以另一种方式灿烂着。

每天清晨，伴着一阵阵花香传过来的，还有豆腐脑、果子、油炸糕、葱花饼们的香味。小贩们的吆喝声也各有不同，有的急促，有的低缓，有的一咏三叹，有的荡气回肠。吆喝声对顾客的招揽作用很大，但最重要的，还是你做的吃食味道要好，价格也合理，更要为人热情。

这几个小贩因为都是残疾人，所以受了市里的特殊照顾，政府给他们开了绿灯，使得他们有了一个自力更生的营生可做。每天早上，几个摊位我都尽量光顾到，在“独臂张”的小摊上买一碗豆腐脑，在“哑巴西施”的豆腐摊买块豆腐，在“铁拐李”的小摊上买个葱花饼，在“盲阿婶”的小摊前买碗馄饨……

他们也懂得感恩，知道这份营生来得不易，每天早上忙活完，都不忘把地面收拾干净。三轮车推走的时候，一点垃圾都没有，好像这里根本没有人卖过东西一样，只剩下吆喝声，留在人、树木和花草的耳膜里。

贫贱、低微，但洁身自好，这一点，他们和丁香很像，都是在拼了命地把香气挤出来，活出一点奔头来。人世间，每个人都一样，都有属于自己的香气，但凡你有骨气，活出自己的气势来，都会开成一浪香过一浪的丁香花。

回到家，妻子并不讶异我买来的早餐花样繁多，也没有被葱花饼的香味吸引，而是在我身前身后走了一圈，抽抽鼻子，惊呼道：“你的身上，怎么有那么浓的丁香花的香味啊？不知道的，还以为你一个大男人，掸了我们女人用的香水呢！”

欢乐是痛苦的铠甲

去年冬天，因为工作的缘故，我认识了侯老。侯老年过花甲，剪了个小平头，头发浓密但已花白。交谈之中，发现我们有很多共同爱好：喜欢写文章，喜欢旅游，喜欢摄影，喜欢玩游戏，喜欢制作短片，喜欢看美女……

侯老最爱玩的游戏是《抗日：地雷战》，他说小的时候是看抗战电影长大的，他一直有个心愿就是亲临一场抗日战争，在战场上用刺刀和日本鬼子血拼，可是只有游戏才能帮他实现这个心愿。接着他还给我看了一些他恶搞的影片，乐得我俩肚皮乱颤，他说他还在学习中，总有一天，要拍一个自己的微电影。他童心未泯，活到老学到老的精神让我感动。

我就在想，要是我也老了，一定也要像他一样，玩着自己做的游戏，看着自己恶搞的电影，快乐得疯掉。

侯老热爱写作，虽然他说他只是初中文凭，但十分热爱阅读，并在闲暇之中进行文学创作。他的作品充满讽刺色彩，他把那些文章汇总到一起，自己装订成册，取了一个书名，叫《谐谑集》。

当时我就鼓动侯老开博，把自己的《谐谑集》放在上面，让大家共赏。他立刻就喜欢上了这种新生事物，并给自己的博客起了个名字，叫作“老顽童之家”。

有了深度接触之后，知道了他是一个失孤老人，四十五岁的时候，儿子出了车祸，二十多岁的大小伙子，说没就没了。这世上没有比白发人送黑发人更可悲的事情了，况且，那还是他的独苗。

他犹如一块正在燃烧的炭火，被猛地泼了一盆冷水，生活里的热情一下子全部熄灭。他和老伴儿一起瞬间苍老下去，老伴儿憔悴得更厉害，常常是一整天一言不发。他想，孩子没了，可生活还得继续，不能就这么垮下去。在黑暗的炼狱走了一遭之后，他终于顽强地挺了过来。

他懂得用快乐去覆盖痛苦，他也懂得用快乐去安慰老伴儿，陪老伴儿一起去旅游，一起去实现年轻时候没有时间完成的一些事。

他像一个贪婪的孩子，不断地在生活的矿井里挖掘快乐的金块儿。这不，刚刚听说他开通了微信，并有了自己的公众号，他幽默诙谐的文章又通过新的途径传播了出去，给很多人带去了快乐！

再见到侯老的时候，他的怀里抱着一个三岁大的孩子，他美滋滋地和我说，这是他和老伴儿去孤儿院领养的一个孤儿，他说这是上天给他们的礼物。

“我要给孩子拍很多短片，一直到他长大。”侯老的脸上，挂着掩饰不住的兴奋。

家里的墙上还挂着去了另一个世界的儿子的照片，但侯老已不再那么悲伤，他领悟到，不舍得丢弃回忆的人，也可以很快乐。曾经的美好，都是宝藏，是永不过期的支票，可以用来支取快乐。

狄金森在一首诗中写道：“受伤的鹿跳得最高，受锤击的岩石飞迸，被践踏的钢条反弹，那格外红的脸颊，是肺结核在叮咬……欢乐是痛苦的铠甲。”

痛苦来袭，就用快乐去抵御吧。只有让痛苦止步，幸福才会上路。

躲不掉的荒凉

他的眼里只能看到辛酸，只能看到残垣断壁，只能看到夕阳，他的心总是被苦水浸泡。

他忧郁的心，在尘世无人知晓，一本一本的典籍，是清风古刹中唯一的慰藉。

在他眼中，每个奔走的人，都是为了活命的蝼蚁。到处是为温饱而奔波的瘦弱的鞋，到处是灰白相间晃动的人影，人世是荒凉的，是黑白照片，并没有艳丽的色彩。

他是一个感情丰富的人，从小就能同情“下等人”，甚至爱及小动物。他去日本留学时，曾特地拍了电报来问家里养的猫是否平安。

弟子请他在藤椅上坐。他把椅子轻轻摇动一下，然后慢慢地坐下去。弟子起初不敢问，后来看他每次都是如此，就斗胆启问。他回答说：“这椅子里头，两根藤之间，也许有小虫伏着，突然坐下去，会把它们压死，所以先摇动一下，慢慢地坐下去，好让它们走避。”

花园里的花开得再艳，于他也是悲凉，因为他看到了被人掐掉的花的残骸，他听到了花的呻吟；树上的鸟儿叫得再欢，于他也是悲凉，因为他看到了那躲在暗处的对着鸟儿瞄准的枪口；洁白的云朵飘得再高，于他也是悲凉，因为他看到了云朵里隐藏的泪水；地上的虫儿在阳光下惬意地伸着懒腰，于他也是悲凉，因为他无法为它们当一生的保护伞，他阻挡不了那些迅疾的脚步、那些轰隆隆的践踏生灵的“坦克”。

某年，他偶尔经过上海，向坊间购买仿宋活字，以做印刷佛经之用。

觉得字体参差，行列不匀，因发愿特写字模一幅，制成大小活字。返寺后，就依字典部首，聚精会神逐一书写，日做数十字，偏正肥瘦大小稍不适意，就重写。一个月后，写到“刀”部，忽然中止。问其故，说：“刀部的字，多有杀伤意，不忍下笔。”

他悲悯整个尘世，把每一片落叶都当作是哀婉的悼词。在一大堆落叶中间，他谱了一曲《送别》，轻轻关上了一扇门，曾经为他而沸沸扬扬的尘世被远远地隔开了。

有人对他的《送别》做了这样的评述：“他送别的是谁？是爱人？是亲人？是世界？都不是，他送别的只是他自己。他走向了彼岸，没有回头，没有看自己一眼。是尘世死了，而不是他死了。”

在圆寂前，他再三叮嘱弟子把他的遗体装龛时，在龛的四个脚下各垫上一个碗，碗中装水，以免蚂蚁虫子爬上遗体后在火化时被无辜烧死。

弘一法师，是活在人世的悲悯的佛。

火把在前，笛声在后

夕阳沉下去了。为什么是“沉”，不是“落”？为什么每次我都要这样悲伤地描写落日？想想，任何伟大的生命都有休息的时候。剩下的是夜路，那又何妨？

如果你恐惧夜路，那么你肯定没有见识过夜路的美。我指的不是城市里的灯红酒绿，而是城市之外，没有路灯但是有月光和星星的夜路，还有风，还有暗夜里涌动的花香，还有争分夺秒、不舍昼夜恋爱着的鸟儿。

儿时，我趴在母亲后背上，脸像烧红的火炭，炙烤着母亲不敢停歇，一路小跑着奔向三十里以外的小镇。那里有医院，有信得过的医生。母亲气喘吁吁，却不停地逗着我说话：“帮妈数数天上有多少颗星星啊。”

“我数不过来，好多好多。”

“地上的每一个人就是天上的每一颗星，你找找看，看能不能找到妈妈？”

“找到啦！在那里。”我指着一颗划过的流星，兴奋地喊着。

“怎么会是那颗流星呢？”

“因为它也在跑啊，就像妈妈这样，在跑啊。”

小鼹鼠不停地打着洞，它想掩埋月亮，像掩埋一枚坚果一样，留着过冬。可是它发现，自己是徒劳的，月亮怎么埋也埋不起来。干脆，就看一会儿它啊。

它仰躺到了地上，让柔软的肚皮对着月亮一起一伏，月亮还真是美啊！

对月亮，它既爱又恨，爱月亮的清辉照着自己，让自己看起来更美丽；恨月亮把自己暴露给了它的天敌，使自己时刻处于危险之中。可是要欣赏美丽的月亮，不冒点险怎么能行呢？

它爱恨交织的心啊，随着风，一跳一跳，像不熄的烛焰。

我就像那只小鼹鼠。没有月光的夜晚，请不要逼迫我写作。即便写了，也是没有灵魂的砖块，砌不出金字塔，砌不出古楼兰的神秘城堡。

我的文字，只属于有月光的夜晚。这是我与文字的秘密之约。

我的文字，永远只在有月光的夜路上奔驰。

我抬头，看见月亮正在抄小路回家，急匆匆地，只是为了给我暖一暖被褥，让我的梦，不至于忍受风寒。

如果，仍然找不到那条通向亲切和爱的路，我将越来越害怕黑夜——如果走近的人，总在欢笑之后留下伤害，总在承诺之后开始背叛，在我所不能了解的复杂里，总堵塞着诡异的无奈。我是多么害怕天黑啊！多么害怕那些我不了解的冰，它幽黑无形地在我的身边，悄悄堆积成重重的城……

夜路上，你会看到乌鸦吧，比夜更黑的乌鸦，因为有雪，它们才显露了出来。

乌鸦一生都在做一件事：诅咒。它诅咒其他鸟的翅膀都变成黑色，同时希望自己的翅膀变成彩色。

它脱不下黑袍，除非雪，给予它们伪装。

可是它们的伪装太过短暂，因为它们无法平静，总想着去亮一亮它们的歌喉。

可是，夜路上的乌鸦，依然让我感动，我打它们身旁经过时，掌心有月亮的影子，发梢有风的味道。

星星也铺满我的头顶，那是一整个童年的糖果，甜了我们的眼睛。

祖父是在一个夜里走的，走得很安详，祖母没有哭泣，安静地给祖父穿着上路的衣服，一边穿着一边不忘嘱托："夜路黑，你慢着点儿走啊。"我在心里给她编织的台词是："走吧，亲爱的！勇敢一些，去跟天上的群星相认。"

陈丹青的导师木心阐述过令他心仪的一段夜路之旅：有人在夜里送他回家，前面的持火把，后面的吹笛。那是何等美妙的夜路。

什么是最浪漫的心，这应该算是吧！

人生总有几段美妙的夜路，你捉了几个萤虫？够了几克拉星星？

安顿灵魂的月光

曾经和一个朋友聊起过这样一个话题：读一些纯文学作品的意义是什么？

朋友的话我很赞同，他说是为了安顿自己。

他说，时下里资讯丰富，纯文学被挤到角落里苟延残喘。人们习惯了快餐文学花边新闻，肚皮饱了，眼睛亮了，灵魂却饿着。

现在的人，太需要用一些东西来安顿自己，例如读一首诗、听一段曲、鉴一幅画、品一杯茶……

安顿自己，就是给灵魂沏一壶上好的龙井，慢慢地滋养，使之得以安然自在。

对于握在手里的东西，我们总是太急于将它捣碎，塞进陶罐里，以为这样才是拥有，以为这样才是牢固、永久。世人总是喜欢红，迫不及待地要跨过绿，殊不知，红之后，叶子会很快和枝桠挥手，会很快枯落，人生便有了飘零和诀别。

杨绛先生说过："一个人不想攀高就不怕下跌，也不用倾轧排挤，可以保其天真，成其自然，潜心一志完成自己能做的事。"是啊，无心插柳柳成荫，耸入云霄的大厦不是浑然天成，而是一块砖一块砖垒出来的。

不要给一颗心裹上坚硬的外壳，不要给它套上牢笼，要空空荡荡，要荒芜，要试着在今天从心开始，刀耕火种。

阎连科写《楼道》，一个退休的局长家门前再无各种豪华礼盒，一下子变得寂寥而空荡，便偷偷把别人家门前的茅台酒箱之类的东西搬到自己家门前来，“像摘来许多钻石镶在了自家门前般”。那身体虽然退了休，灵魂却还没有安顿下来。

常常在深夜看见酒醉的人，哼着忧伤的歌儿，趔趄着，扶着月光。他们买了最昂贵的醉，却依然无法安顿灵魂。

最和美的夫妻，应该是天亮时相视一笑，临睡前互道晚安。而晚安，我更愿意解释为：天色已晚，请安顿身心。

我喜欢旅行。不是逃避，不是艳遇，不是放松心情，更不是炫耀，而是为了洗一洗身体和灵魂，给自己换一种眼光，甚至是一种生活方式，给生命增加多一种可能性的杈枝。记得有人说过：旅行最大的好处，不是能见到多少人，见过多美的风景，而是走着走着，在一个际遇下，突然重新认识了自己。

一叶孤舟，一抹夕阳，一支撑杆，一曲渔歌，一江暖水，一世人间。此情此景，如此美丽，叫人不得不感慨，看到这样的景色，此生足矣了。

真正的美景，不是让你尖叫，而是让你平静。生命中需要更多的美，让我们的灵魂平静。

周国平说：“老天给了每个人一条命、一颗心，把命照看好，把心安顿好，人生即是圆满。”

我不是诗人，我只是在帮那些寒冷的字絮一个暖暖的窝。

我不是诗人，我只是在帮那些流浪的字找一个安静的家。

我要安顿那些字，安顿流浪的脚印，安顿灵魂的月光。

就这样，晚安！

哀伤的特快专递

再一次看了迟子建的小说《世界上所有的夜晚》，她说：“我想把脸涂上厚厚的泥巴，不让人看到我的哀伤。”但我还是看到了，不仅仅是她的，还有我自己的，和这个世界的。那些哀伤像恣意流淌的水，不走沟渠，不分东南西北，翻山越岭，径直涌向你的屋檐；那些哀伤像命运的某种神秘的特快专递，不问你的姓名和住址，准确无误地交到你的手上，而且，你清清楚楚地知道，它带来的不是好消息，是让你四面楚歌的战栗、恐慌和静默无声。

母亲突发脑溢血，住进医院。父亲在床前一遍遍呼唤着：“老伴，你醒醒啊！醒来我们就一起去西藏，去西双版纳，你不是一直梦想着去那里吗？”母亲张着茫然无神的眼睛，没有知觉，没有反应。在深秋的哀凉里，父亲不停地叹息。

父母刚结婚时，母亲的梦想是去西双版纳度蜜月，但因为生活拮据，无法实现这个梦想。为了弥补心中的那份歉疚，父亲对母亲许诺说：“有一天，我会陪你到西双版纳把蜜月补回来！”只是，这一等就是一生。我们终于长大，各自有了家庭，他们也有足够的钱可以实现当年的梦想，可是母亲却蓦然间陷入灰暗的世界里，无梦无欲。只留下父亲守在床边，对着母亲不断重复地说：“老伴，你要赶快醒来，我们还要去西双版纳看蝴蝶，去西藏看雪山啊……”

对于父亲来说，这哀伤来得过于迅疾，不是平信和挂号信的速度，而是特快专递，让他猝不及防。

人世间，有太多猝不及防的哀伤。坍塌、中毒、爆炸、绝症……一场场让生命戛然而止的毫无征兆的劫难，晴空霹雳般炸碎曾经的幸福。活着的人捧着那散落一地的幸福的碎片，再也无法拼凑完整。

叶子落地，是成熟的喜悦，然而对于作为母亲的枝干，她失去了她的孩子。树是哀伤的，树的哀伤只有风知道。从报纸上得知，因为季节反常，今年很多树木的落叶不会是金黄色，而是在绿色的时候，就会随风飘落。看到这则新闻，内心突然一紧，心疼。为什么不给它足够的时间去和它的母体别离，而是采取猝然离去的方式呢？

有谁想过，树和落叶也会心疼的。

对于哀伤，尘世中的人无法不与之邂逅。当你和生命中一切美好的事物猝不及防地相遇、相爱，便注定了要猝不及防地别离。没有人能够抵挡这哀伤的风暴。很多时候，在你还没有意识到失去的时候，生活已经把你剥离得鲜血淋漓，终生不得愈合。

诗人大卫曾经用“县、市、省份”作为孤独的计量单位，他写道：“我承认我是孤独的 / 在偌大的北京城 / 我这个异乡人的孤独 / 不是一个县的孤独 / 也不是一个市的孤独 / 夜幕降临的时候 / 在这套不足五十平米的出租屋里 / 到处弥漫着的，至少是一个省的孤独……”我想借用他的方式，用湖泊、河流和大海作为哀伤的计量单位，表达这无常的命运对人世间那些无助的人造成的伤害：

人世间的哀伤，
迅雷不及掩耳。
一个人，瞬间失去了最亲近的人。
那哀伤不是一座湖的哀伤，
也不是一条河的哀伤，
至少是一片大海的哀伤。

爱是一座叹息桥

人说：在对的时间，遇到对的人，是一生幸福；在对的时间，遇到错的人，是一场心伤；在错的时间，遇到错的人，是一段荒唐；在错的时间，遇到对的人，是一声叹息。

几个假设当中，最让人梦寐以求的，是在对的时间，遇到对的人，那的确是一生的幸福。然而被幸运的苹果砸到脑袋的人毕竟是少数，退而求其次，我只能奢望在错的时间，遇到对的人，因为最美丽的，始终是那声叹息。

我的一个女性朋友，爱上一个名声日隆的作家、一个有妇之夫。那注定是一场要被拦腰斩断的激情，作家妻子的泼辣凶悍、文联大院里的流言蜚语、孩子的以死相胁、父母的苦口婆心……在这团激情之火尚未能熊熊燃烧之前，早已有无数双手在那里蠢蠢欲动，捉住那跳动的火焰，把玩、戏弄，然后将它掐灭。尽管被掐灭的火焰偃旗息鼓，沉寂了一段日子之后，又慢慢地疗好了伤口，死灰复燃，但终究还是逃不过另一场瓢泼的大雨。最后，两个相爱的人，只能成为两根湿淋淋的木头，再没有了一丁点燃烧的欲望。

也许，他们都或多或少地预见了那样的结局，从开始到现在，他们都不可避免地一步步向那样的结局走去，尽管他们都希望能逃脱它的到来，可是，除了它，他们无法选择，甚至无法渴望能有其他更好的可能。茫然中，他们抓不住那虚无的缥缈，只有现实，它残酷得让人清醒。

他们都疲倦了，他们都不会再有力气在这条不归路上走下去，他们会慢慢地在滚滚红尘中，在汹涌的人潮里，在生活的压力下，逐渐失去对方的体温。

他们疲惫而落拓地挣扎了出来，然后，他们变成了一声叹息，像落叶在空中的旋转，像蜻蜓在水面的顾影自怜，像芭蕉叶上的那滴雨。那样深邃，那样无奈，那样沧海桑田的一声叹息。

威尼斯有一座叹息桥，通往一座监狱。当囚犯经过那座桥走向监狱时，都会触景生情，为自己的前途叹息。据说有个男人被判了刑，走过这座桥。“看最后一眼吧！”狱卒说，并让那男人在窗前停下。窗棂雕得很精致，是由许多八瓣菊花组合的。男人攀着窗棂俯视，见到一条窄窄长长的小船，正驶过桥下，船头上坐着一男一女，在拥吻，那女子竟是他的爱人。男人疯狂地撞向花窗，窗子是用厚厚的大理石造的，没有撞坏，只留下一摊血，和一个愤怒的尸体。

每个人的情感历程都仿佛是在经过一座叹息桥，陆游和唐婉、徐志摩和陆小曼、魂断蓝桥、廊桥遗梦……无数伤感的故事，最后，都会成为飘散在风中的一声叹息。

所以，我的爱人啊，当某一天，透过眼睛我再不能向你传达任何讯息，通过指尖也无法让你感受丝毫爱意，我们像两个固执的、冰冷的、陌生的人一样把自己禁锢在自己的世界里，我们失去了对方，或有一天，我们的某一个行将死去，我们再也牵不到对方的手，听不到对方的呼吸，那么，我们现在是否更愿意把对方抱紧一点？我们还会为了曾经的谨慎、怯懦、争吵和怨怼而后悔吗？

也许会吧，但终究还是逃不过那一声叹息，因为这尘俗让人放不下的东西太多。

纵观尘世，能有几个人在临终前，会无比释怀地微笑着闭上双眸？相反，我们看到更多的是那些哀怨的眼神，望着那一张张他挚爱的人的脸孔，那目光仍在探寻、游离，那目光在寻找那个没有为他送行的人。

终究还是没有寻到，终究还是免不了那一声叹息：

“唉！这让人迷惑又无法抗拒的尘俗啊！”

遍地丛生的碎屑

我有一个抽屉，装满了来自于生活的疼痛的碎片。

第一次和爱人看电影时的电影票。为她擦过眼泪的一块手帕。爱情转身的时候，我最后一次送她离去的站台票。

被撕碎的结婚照片。被摔碎的半块镜子。被诅咒过的一个陌生男人的来信。一枚占卜过我的命运的硬币。一张表情麻木的下岗通知。

一些朋友的信。一些嘘寒问暖，一些善意的忠告和安慰，一些委婉的拒绝。

女儿的成绩单。各种各样的获奖证书。她偷偷为我买回来的胃药和嘱咐我按时吃药的留言……

我的抽屉。一生的积蓄。我支离破碎的生命。岁月的补丁。时间的残章断句。

抽屉没有锁，锁不住那些誓言的鸽子，只能锁住一些疼痛的碎片、一些被肢解了的幸福。

在老家的立交桥上，每年七月十五的夜里，都会有那些化为灰烬的碎屑在风中飘荡。我看到一对老人在桥的最高处放一盏灯，然后相互搀扶着伫立在那里，一动不动，任凭夜风吹乱他们的白发。

他们在怀念女儿。

他们的女儿是从桥的最高处纵身跃下的，被火车撞得支离破碎。

有人看见她跳下去的时候无所畏惧，脸上甚至带着快乐的表情。或许是为自己终于得到的解脱吧，在一场无望的满是煎熬的爱情里。

爱情在她那里变成了毒药，得到和失去，都令她粉身碎骨。

只是，那一跃过于决绝，破碎的不仅仅是她的生命，还有亲人的心。

一个人的一生就是不断地把自己拆离，要分好几块给不同的人，所以，人往往是千疮百孔的。总有一些遥不可及的梦想，总有一些怅然若失的疼痛，在我们生命的底页上，铺满了忧伤的碎片。大量职工下岗，操起卖小吃、擦皮鞋、收购酒瓶子的营生；昔日的车间主任到私营小厂当起更夫；惨淡经营的商人积累起来的家业，在一次失误的扩张计划中血本无归；拼了半生的命，挣到了足够的钱，忽然感觉身体不适，到医院检查，发现是绝症，并已到晚期；千阻万挡，为儿女们那些盲目的爱情设置了重重关卡，却依然被儿女们一个个攻破，最后只能用慈爱的手掌不停地摩挲着他们的头，听他们流着泪，讲他们流了血的心……

人生下来就伴着哭声，注定要经历疼痛的碎片。那些碎片，让生命变得无比厚重。

每天都要撕下一张日历，提醒我们过去的日子不在了，成为碎片飘远了。每个人的最后，也终将成为碎片——自己的碎片、别人记忆里的碎片、历史的碎片。就这样，所有的早晨都是撕掉昨天换来的，所有的黄昏都是夕阳悲壮地撞破额头送走的，无数疼痛的碎片填充了人的一生，无数悲伤的碎片璀璨了生命的夜空。

但你不能停歇，你的双肩担着生命的重任，你卸不掉爱你的那些期待的眼神，卸不掉疼你的那些忐忑的心。生命要继续，双脚依然要行走，心灵依然要向着梦想艰难跋涉。

把那些碎片垫在脚下，会铺出一条朝圣的路；把那些碎片挂在胸前，会串成一串祈祷的佛珠。

我把所有疼痛的碎片都装进抽屉，我的抽屉就是一部完整的童话。我为小小的女儿珍藏着这些宝藏。小小的女儿，什么时候读懂了这些疼痛的碎片，什么时候就开始长大。

七月十五再次回到老家的时候，我依然在夜里看到了那些燃烧的纸屑。那个立交桥，成了那一对老人的断肠地，他们在用自己破碎的心，去怀念另一颗破碎的心。那时，我正骑着车子从桥上经过。桥的坡度很大，骑车爬坡时会把人累得气喘吁吁。但是，在看到朋友立文驮着未婚妻疯狂爬坡的时候，我忽然理解了那个带着微笑跳下桥去的女人，理解了那颗破碎的心。在朋友竖起的头发里，我又一次感受到了爱情的魔力，因为骑着空车的我，使出了吃奶的劲儿也无法追赶上他。

有时候，人生就像拼图游戏，每一小块图片都不会重复，你必须一块一块不怕麻烦地拼起来，最后才能看到整幅风景。这就是生活吧，它总是不断地，把那些美好的东西打碎，然后又不断地，把打碎的碎片重新组合起来。

别踩疼了雪

我和女儿在焦急地等待着一场雪的降临。

雪，只在女儿的童话和梦境里飘过。我一直这样认为：没有触摸过雪花的女孩，永远做不了高贵的公主。我领她到雪的故乡来，就是要让她看看雪是怎样把人间装扮成宫殿，把人装扮成天使的。

带女儿来北方，就是为了让她看雪。因为我无法为她描述雪的样子，而她又是那么渴望见到它。

雪开始零星地飘起来，我和女儿激动得手舞足蹈起来！

它多美啊，轻盈、飘逸、纯洁，让人爱不释手，让人目不暇接。

女儿伸开手掌。但她马上发现，我们的手掌可以接住雪花，但雪花无法承受我们的爱意，在手掌心里只亭亭玉立了那么一会儿，转眼就消失得无影无踪了。

但女儿并没有收拢她的手掌，她依然执着地积攒着手中的白色花瓣。雪渐渐大了些，女儿小心翼翼地捧着她的雪花，她说要把它带回去，在妈妈的坟墓旁边堆一个大大的雪人。

女儿的话深深触动了我。原来，女儿一直嚷嚷着要来北方看雪，真正的目的还是为了她的妈妈。

我不忍提醒她，我们永远也无法将雪花运到南方去。我总是提醒自己：孩子的心灵是最纯洁的一片雪地，在他们的心灵上经过的时候，一定要小心、小心，不要弄脏了孩子的世界，不要踩疼了他们的梦想。

女儿没有见过她的妈妈，在她出生的那一刻，她的妈妈便因为难产离开了我们。仿佛一切都有预感一样，在妻子的日记里，我看到了她写给自己未出生的孩子的信。她说：即使有一天她离开了人世，她的魂魄依然会缠绕在孩子的身边，春天她就是早上第一缕吻着孩子脸颊的阳光，夏天她就是那大树底下的阴凉，秋天她就会变成一朵朵云彩，冬天的时候她就会变成雪花……

每当女儿问我她的妈妈在哪里的时候，我就会对她说："你妈妈离开这个世界了，但她爱我们。春天的晨光、夏天的绿阴、秋天的云朵、冬天的雪花，这些都是你妈妈变的，她一刻都没有离开我们。"女儿记住了我的话。在春天，总是太阳刚一露头就醒了，她说妈妈在唤她起床呢；在夏天，她总是习惯把书桌搬到那棵大树底下去做作业；在秋天，她总是趴在窗台上，托腮凝望天上的云。我知道，她那颗小小的心在用她自己的方式怀念着母亲。

可是冬天，她找不到与母亲的联系了。因为南方没有雪。

这就是她要来北方看雪的原因啊！

雪花在天空舞蹈！

天空阴暗得仿佛是大地，大地晶莹得仿佛是天空。

夜晚再黑，也压不过雪的白。

第二天清晨，女儿轻轻推开门，小心翼翼地踩出了一行小脚印。她对我说："爸爸，顺着我的脚印走，别踩疼了雪。"

那一刻，我看到全世界都是洁白的，包括人类的心灵。

给痛苦一个流淌的出口

但丁在《神曲·第十三歌》中写道：“哈比鸟以他的树叶为食料，给他痛苦，又给痛苦以一个出口……”受啄是痛苦的，却给了原有的痛苦一个流淌的出口——以皮肉之苦来释放内心的痛苦，痛苦之深可见一斑。

在危地马拉，有一种叫落沙婆的小鸟，要叫七天七夜才下一只蛋。由于鸟类没有接生婆，所以难产的落沙婆只有彻夜不停地痛苦地啼叫。可恰恰是这痛苦的七天，使蛋壳变得坚硬，小落沙婆孵出来之后也更硬实，这便是一个母亲经历七天痛苦所换来的一个孩子健康的明天，而那彻夜不停的哀啼，是落沙婆在用另外的方式释放着肉身的痛苦。

与这种叫落沙婆的小鸟相比，现在的妈妈们要幸福得多了。人类有接生婆，人类可以剖腹产，可以不经巨痛就听到孩子落地时的哭声，然而这没有痛苦的分娩难免会留下一些遗憾，它远没有那种在经历了撕心裂肺般的痛苦之后听到孩子的哭声的动人，远没有那个时候更能感觉到做母亲的骄傲，这个时候的眼泪是真正的“痛并快乐着”的眼泪。

我认识一个中年男子，魁梧黑壮得像个铁塔。他是一名音乐老师，在一所不甚知名的学校里，教小学生最基本的乐理知识，领着孩子们唱天真的童谣。在一间间教室里，他背着一架用了许多年的手风琴，像一只蜜蜂一样欢快地飞着。当童稚的歌声从那样一个大男人的胸中迸出，模样真有些滑稽。他的学生是那样真诚地爱着这个同他们一样真纯的老师，爱着他的快乐无忧。

直到有一天，学生们看到了让他们难以想象的情景：音乐老师领着一个比他自己还要高些的大男孩，在操场上吹着七彩的泡泡。那个大男孩有十七八岁的样子，可他咧嘴笑的时候，脸上写满了三四岁孩子的快乐，透着怪异、与众不同。

大男孩是音乐老师的儿子。他出生的时候，也是一个白胖粉嫩的可爱孩子，当他蹒跚学步的时候，音乐老师是用音符为儿子的步履伴奏的。可是孩子长到三四岁以后，身体发育日益强健，智力的脚步却停滞不前。几乎没有父母会平静地面对这种情况——孩子是一个先天性弱智儿童，他的智力水平永远只有三四岁。

本来英俊硬朗的音乐老师在得知这个结果的时候，一下子被抽干了心头的水分。可他必须面对那个只能在三四岁的日子里快乐玩耍的儿子，在自己心中时时滴血的时候，作为父亲，他得让那个孩子像其他孩子一样快乐。

音乐老师为此付出了多少比别的父亲更多的辛劳，外人是无法得知的。但是，即使上了一天的课，累极了，也被不听话的学生气极了，音乐老师只要脸望向自己的孩子，眼眸里一定会开满温情的花朵。

在那个弱智的孩子快乐成长的日子里，音乐老师也以快乐面对着这一切。有人说他曾号啕大哭过无数回，可他的笑脸总会与朝阳一起升起；学生们说音乐老师会在领着他们唱歌的时候，双眸中就慢慢浸满莹莹的泪光，然后到走廊独自站一会儿，回来的时候，又会张开双臂，对着他的学生们热情地说：“来吧，孩子们，让我们再唱一遍《欢乐颂》！”

音乐老师的内心是痛苦的，但是他找到了让痛苦流淌的出口，他像一棵每天都要挨一刀、每天都要缝合伤口的橡胶树，用爱不停地释放着自己内心的痛苦。

古希腊的一位诗人说：“我身上有无数个裂缝，到处在漏水。”这是关于悲剧的最有力的诠释。悲剧就是撕开伤口给人看，这些流经生命，又从生命中渗漏出去的水，可以酿酒，可以醉人，可以醒世，可以洗心，这些痛苦使躯体千疮百孔，却让灵魂得到了升华。

婉约之门

只能在秋天，只能在秋天的一个下午，只能在秋天的一个落着细雨的下午，我才能坐下来，用手中的瑟瑟之笔来描摹李清照，这个一生悲凉的女人。

我坐在一扇玻璃窗边读一本婉约的词集，阳光一寸一寸地涨，渐渐漫过膝盖，当它漫到浅灰色的书页上时，还是不能暖过来一颗因怜惜而寒冷的心。

窗外卖烤地瓜的女人是幸福的，因为有丈夫脏兮兮的手在为她擦拭汗水；不远处阳光下织毛衣的女人是幸福的，因为她从毛线上感受到了爱人的体温；菜市场里与小贩讨价还价的女人是幸福的，因为她看到了丈夫吃饭时的狼吞虎咽……只有李清照是不幸的，因为她的前半生太幸福。

那是一段段悲欢离合的故事，昨夜或者今宵看到的东西，一幅幅从宋代晃动着移过来的画面：关于幸福被捧在怀里时的梦呓以及被撕碎时的苦言凄语，关于月亮上的一次次团圆和一幕幕葬礼。

我看到一只蝴蝶或者蜻蜓悄悄落在她的衣袖上，倾听她美丽的叹息在风中飘来荡去，一片片叶子，是她日夜操劳的心。一阵风打破她的思念，她拂了一下长发，走回屋中，取出笔墨纸砚，想把这些美好的事物填进词里。

世俗的声音无法惊动她，她的屋子，是花朵围成的禅房，她高洁的身影，只在花园与云朵间徘徊。

她又开始怅然地回忆了，一杯淡淡的茶，一段清苦的琴声，一个她深深呼唤着的名字……那些往事的风筝无法飞远，因为她的手心里紧紧握着思念的线。

她流了一滴泪，宣纸上便开出了一朵莲花。那颗被思念扯碎的心，仍在月光下流浪。梦是佛堂，她踏进去，仿佛听到涅槃的声音。有羽毛飘落，有阳光升起，让每一个伤口都能开出花朵，让每一双眼睛都能相信明天。可终有醒来的时候，犹如黄梁一梦，寂冷的边，人和神一个都没有。

她持着一根孤单而哀伤的毛线，日夜不停地缠绕成一件思念的毛衣，为自己取暖。她想对他说："回来吧。"声音轻得像落在耳边的雪。

一个是另一个手心里牢牢攥紧的恩赐，一个是另一个眉结间苦苦锁住的哀怨。李清照盼归的男人没有回来，曾经的甜蜜和幸福猝然间变成苍凉苦涩的记忆，幸福像糖一样在思念的时光中化掉了。

在等待的日子里，蝴蝶骤然老去，如秋日里一片片斑驳的叶子；在等待的日子里，蜻蜓纷纷出嫁，带着它们薄如蝉翼的幸福；在等待的日子里，人像黄花一样瘦了，黄花像人一样凋了。

她的声音在摇摇欲坠的宋代末年渐渐沙哑，倾听的水却在 2005 年的今夜涨潮。当秋风中的落叶渐渐把一扇婉约的门覆盖的时候，我如同回到了那个时代一般回顾了与一位女子的惊鸿一瞥。

婉约之门里那个一闪即逝的女词人，秋风中的苦命红颜。

一匹马的灵魂

那是一个伤痕累累，但却干净、解脱了的灵魂。

那是用死亡换来自由的灵魂，那是用死亡卸掉枷锁的灵魂。

它在黑夜里向我奔来。

那个夜晚没有太多的光亮，我借着桌子上微弱的灯光，看到了这匹马。

它在文字里，又在文字之外，它的奔跑溅起了一室的书香。

这匹马一直在我的夜里游荡，有时跃向窗帘，有时攀上雪白的墙壁，有时在我的床上奔腾，有时在天花板上悠闲地散步。我从不怀疑自己触摸到了马的灵魂，它是柔软的，像可以裹缚石子的蚌那温暖的胸膛；它是包容的，像被风沙抽打却依然按时散出新绿、按时洒下落叶的树；它是友善的，你伸出的手，它会用整颗心去迎候，你递过去的诅咒、谩骂和抽打，它会连着草料一同咀嚼，慢慢地替自己化解仇恨。

没有更多的食物来咀嚼，它只好通过回忆来反刍。

这匹跑得最快的马，不仅抛弃了自己的同伴，而且失去了自己的身体。

是影子追着它还是它赶着影子？是宿命控制它还是它逃不开宿命？

那个夜晚，我听到了一匹马遍体鳞伤的嘶鸣。那本不属于它的马鞍、缰绳，硬生生地将它束缚。在刑具的空壳下，它过早地品尝着生命的衰弱。

它的倒下没有声响，只有长长的如释重负般的叹息。

那是托尔斯泰小说中的马，一匹花斑马，它曾经是骠骑兵的坐骑，它把自己最美好的年华奉献给了主人，可冷酷的主人却毫不珍惜。一次骠骑兵策马追赶他逃跑的情妇，使花斑马积劳成疾毁掉了健康，从此以后，花斑马被主人一次次转卖，每个新主人都对它变本加厉地折磨……花斑马走到了自己生命的尽头，“屠夫在它喉咙里弄着什么，它感到了痛，接着就有一股液体像泉水流到它的脖子和胸口，它最后吁了一口气，觉得整个生命的负担也减轻了……”

托尔斯泰的笔触到了花斑马的心灵世界，在它的身上，我们看到了人类中某些相似的形象。

通过托尔斯泰的眼睛和文字，我触摸到了马的灵魂。整个夜晚流淌着清澈的水，使我感觉到那灵魂的凉意。

一匹马，一束滚动的火焰。

月光照在马背上，那旷世忧郁的马、空前沉默的马，将在今夜重新启程，我知道它将驮我去何方，尽管我已隐隐感觉到了自己的另外一种挣扎。

英国作家托马斯·哈代有一次到矿井，发现黑暗的井下竟喂养了一些专门运煤的马，按照这些马的个头，那上下矿井的罐笼是无论如何也装不下它们的，而所有的这些驮马，眼睛都是瞎的。经与矿工们交谈他才知道，原来这些驮马都是在出生后不久就被塞进罐笼运到井下，它们在永不见天日的矿井中被饲养长大，它们无休无止地运煤，直到有一天倒下，然后，变成坑道角落的累累白骨……

一匹马，在我没有睡眠的夜里，火一样燃烧起来；一匹马，在我没有睡眠的夜里，火一样熄灭。

还有那些失明的在黑暗中默默行走的马，那是一些注定要背负苦难的灵魂。

我再也无法歌唱，这像丝绸一样忧郁的夜，终于彻彻底底地封住了我的喉咙。

第五辑

像夏日的黄昏缓缓降临

时间会把一切抹平，会把一切擦拭如新。干净的云彩下面走动着数不清的新人。秋风扰乱人生，我依然要对它展开笑颜！若我尚有一丝气力，我将不遗余力地欢畅；若我尚有一分信念，我将奋不顾身地相信和爱。

心有余温，尚可暖秋

从来没有像这次这样，毅然决绝地走掉，仿佛逃离。

我是悄悄走掉的，妻儿还在睡梦中，没有她们的祝福，我把这样的远行叫作流亡。

有人说本命年琐碎，话语间充塞着迷信的味道。但现在我有些相信了。最开始母亲生病，眼睛要做手术；没等母亲手术，父亲又病倒了；岳母一直在与肺癌斗争；妻子也得了咽炎，每天干咳不止；孩子的成绩每况愈下，不思进取；签好的几本书因为种种原因搁浅……这一切就像大山一样压过来，让人喘不过气来。和朋友说起，朋友说，人到中年，多事之秋。

想一想真的是这样，从前的那些快乐似乎越来越远，直到变成记忆。每个人走进中年的门槛，都会经历悲伤吧，那些悲伤就像换季的衣服一样，一件接着一件，接踵而至。

第一次感觉到了累，身心俱疲的那种累。或许出去走走，会好些吧。

不远也不近的地方，能洗净我的哀伤吗？

直到我读到黑塞的一首诗，它先是给了我后退的心一记耳光，然后轻推我的腰身，向着家和阳光的方向。

这首诗是这样的：

秋雨纷纷，袭打着叶已落尽的森林。

晨风中，山谷在寒战中苏醒。

栗子落地，响声清脆，
在地面上濡湿、破裂，
并带着棕色的微笑。
秋天经常扰乱我的人生。
秋风吹走破碎的树叶，
摇晃枝桠，
然而，果实何在？
我绽开爱的花，却结出苦涩的果。
我绽开信任的花，却结出怨恨的果。
风撕裂我的枯枝，
我对它展开笑颜，
因我尚可抵御风雨。

我的忧伤和苦楚与黑塞比起来，会是怎样的呢？

赫尔曼·黑塞的一生大部分都处在孤独之中，他自幼就选择了一条避世的天国之路，从青年时期的叛逆，到为战争孤独地呐喊，到探求从“我”走向“自我”的内部之路，他的孤独更多地因为他的厌世心理在起作用。直至终老，他的一生很少摆脱过孤独、苦闷的情绪。

因为看不惯学校里的暴力，他逃学。后来去了一所神学院寄读，家里期望他能成为一名牧师，再后来又去了一所高等文科中学就读，但最后受到禁闭和退学的处分。黑塞度过的是一个充满危机和不安的青春期，他曾经因爱上他的女房东而逃学，一个人走在孤独的雨夜；曾经因为恋爱失败而给自己准备了一把随时可以结束自己生命的手枪。家里人的操心和努力最终没有结果，于是黑塞开始自觉地全力以赴地教育自己，走上一条孤独的成才之路，向一个作家迈进。

1902 年他母亲的逝世给他带来巨大打击。

1904 年结婚后，黑塞与他的第一位妻子一起在波腾湖南湖畔的小村庄盖因霍芬过着隐居的生活。那是他孤苦一生中难得的一段静谧岁月。

信仰的丧失让欧洲陷入前所未有的战争灾难，黑塞想要摇醒人们的疯狂，但当时的世界掌握在大多数盲从人的手中，少数的清醒者是无力对抗的。诗人呼吁人们返回自己的精神家园，他认为欧洲应该向东方学习，有自己真正的信仰；同时，他呼吁人们寻找失落在众人里的个体主义，找回“自我”，黑塞毕生坚持守护个体心灵。

但是他孤掌难鸣，因为几乎整个国家的人民都被纳粹洗了脑。他写文章反思自己和战争：“有朝一日我的民族，纵然不是作为全体，也会有许许多多的清醒而且有责任感的个人，来做一番类似的检讨。”但是黑塞的文章受到了来自全国各地的作家和出版社的嘲讽和攻击，一下子使他陷入了四面楚歌的境地。此时，孤独在诗人是一种误入，误入到一个异己的世界中。他反躬自省，觉得自己“一切磨难都是自找的”。他服役期间在德国战俘辅导中心工作，其间父亲病逝，妻子的精神病日益恶化，他陷入深深的痛苦之中。“上帝死了”，在尼采发出这样的感慨后，黑塞也无奈道：“上帝死了，我还该活着吗？”

受到如此重创的黑塞，应该怎样？像年轻时候失恋那样持一把手枪对准自己的太阳穴吗？不，如果那样，就不是黑塞了。

他选择了顽强而乐观地活着。他说：“人生苦短，我们却费尽思量，无所不用其极地丑化生命，让生命更为复杂。仅有的好时光，仅有的温暖夏日与夏夜，我们当尽情享受。”

看吧，伤痕累累的黑塞尚且如此，我怎么就在秋风里低下了头颅？

向这样的一颗心致敬！我迫不及待地向着家的方向疾驰，打开车窗，秋意深重，枯黄的叶子纷纷飘进来，我接住，当成蝴蝶去欣赏。太阳隐去，我理解为它正在藏起最后一块黄金，去兑换整个夜晚的白银。

明天的太阳，请允许我继续走在你指引的路上。人生之路是多么漫长，总有背对阳光的时刻，我们，大可不必隐瞒内心的阴影。世界广阔无边，哪怕命运给予我的，是一条窄窄的小道，我也不抱怨，容得下我的双脚即可，我就一样可以漫步或者小跑。

时间会把一切抹平，会把一切擦拭如新。干净的云彩下面走动着数不清的新人。秋风扰乱人生，我依然要对它展开笑颜！若我尚有一丝气力，我将不遗余力地欢畅；若我尚有一分信念，我将奋不顾身地相信和爱。

这儿躺着全世界最孤独的人

毕肖普的孤独，是华丽的孤独，就好像一个顾影自怜的女人，穿着最华美的衣裳，在空无一人的金色殿堂翩翩起舞。

她在写给同时代诗人洛威尔的信中说："你为我写墓志铭的时候一定要说，这儿躺着全世界最孤独的人。"

她是一个习惯性失眠的人，可是她并不恼恨，反而喜欢上这种失眠的感觉。

可以看月亮在云海里出浴，看星星在幕布上飞行，听着风慢慢掀动窗帘的声响，甚至，可以去听小虫子的缓慢爬行，想着它最先迈开的是哪一条腿。

终生住在月光里，不嫌烦不嫌累。有时向水边漂移，有时靠着花香小睡。如果冷了，梦就是温暖的火堆；如果太静了，就去听蝴蝶的鼾声如雷。

当孤独把一个人牢牢捆缚，还会有什么力量，把一颗心解救出来？

是爱啊！

可是她多么缺少，这救命的良药。

在那月光之地，她踽踽独行，像一行诗，在洁白的稿纸上滑过。

她躺下来，在月光的环绕之下，把自己披在身上取暖。

或许是因为缺少爱，所以她拼命去爱，试图从更多的爱里获得新生。异性和同性，都是她爱的对象。毕肖普一生几乎是在漫游中度过的，在诸多旅行中，她一直有恋人相伴，并为他们留下了脍炙人口的名篇。她曾与她的同性爱人、巴西建筑师罗塔·德·索雷斯在巴西生活了十八年，她们喜欢"整夜黏在一起，在睡梦中，她们一起翻身，亲昵得像一本书里的两页纸”。

她曾经酗酒，这或许与她过于害羞有关。

她的过于害羞，其实也是源于内心巨大的孤独。那里是一座空旷无比的花园，装得下一切欢欣与怨怼、笑意与愁容。“她的灵魂正躲在文字背后，仿佛一个‘我’正从一数到一百。”

1911 年，毕肖普生于美国马萨诸塞州伍斯特省一个富裕的家庭，但童年过得并不幸福。八个月时，父亲便死于肾脏炎；母亲精神错乱，此后五年，频频出入精神病院。父亲去世后，母亲也随即失去美国公民身份，回到娘家——加拿大的新斯科舍省。毕肖普五岁时，母亲在一次彻底的精神崩溃后，被送进了当地的一家精神疗养院。从此，她再也没有见过母亲。母亲住院后，毕肖普与外祖父一起生活，日子过得温暖、舒适。但不久，她的祖父决定将她带回出生地伍斯特抚养。毕肖普后来回忆说：“没有人征求我的意见，他们违背了我的意愿，将我带回了父亲的出生地。”在那里，在那个富裕的家庭里，她感受到的不是幸福，而是亲情的匮乏。“我感到自己正在衰老、死去……晚上，我躺着，将手电筒打开、关闭、打开，然后哭泣。”

本来就不是很健壮的毕肖普，变得疾病缠身，湿疹、哮喘、神经衰弱。她变得虚弱不堪，甚至无法行走。直到 1918 年，母亲的妹妹莫德姨妈将她带到南波士顿，这种境况才有所改变。也就是在莫德姨妈的影响下，毕肖普开始写诗。

诗歌，终于给她破碎的心涂上一层绚烂的金色。“一座巨型城市，谨慎地揭幕，在过分雕琢中变得纤弱……洒水车过来，甩动它嗞嗞作响的白色扇面。掠过果皮和报纸，风干后的水痕，浅的干，深的湿，如冰镇西瓜的纹路。”

在这样的诗里，我看到忧郁的眼睑，看到哀伤的瞳孔，看到全世界最孤独的人。

巴赫的黑色手套

黑夜来了，巴赫推开窗子，深深地呼吸。

当他的呼吸渐渐与自然的天籁融为一体的时候，他套上黑色手套，开始创作伟大的《马太》。

很多精灵拍着翅膀，盘旋在他的周围。

而他自己，是凌晨时分最悲伤的一个精灵：歌着、舞着、颤抖着。

他又像一个举着火把在夜里奔跑的孩子，要把平安的消息通知给整个人间。

作为宗教信徒，他的音乐总洋溢着浓烈的宗教情感，音符与音符的出神入化、和声与主题的反复变化，把人的灵魂牵引到永恒的抚慰和安息的境界。整个过程，便就是灵魂得以洗涤和超拔的过程，把人的灵魂带离消失的瞬间，并通往天国，最终得以安息。

我躺在音乐的床上，心底泛出眷恋，继而在眼前出现了一个无比空旷又深邃至极的精神世界。浩瀚无边的巴赫，还有那血淋淋背负着十字架的耶稣，仿佛凸现在我的眼前。我畏惧他的浩瀚，恐惧他的伟大，肃然起敬之下，那颗略显浮躁、世俗的心，终于得以平静下来。

而这时候的音乐已经不再是音乐了，不是数字，也不是语言，而是信仰，是情感！

我感觉到他套着黑色手套的手指在颤抖，被春天之水洗净的手指在颤抖，安抚着一颗颗逝去的灵魂，像阳光一样抚摸着逝者的双手和脸颊，柔和的声音仿佛在说：安然无恙，一切都还能回来。

记忆中的众多面孔争相浮现，又急忙躲藏。唯有这平静的抚摸，熄灭了我的怅惘。

巴赫的音乐，是宗教的，是内省式的，它面对的是每个听者的心灵。不像贝多芬的那样气势磅礴，不像勃拉姆斯的深刻甚至艰深，更不像肖邦和舒曼的浪漫甜蜜……但奇怪的是，我总是听不出宗教的意味，而是世俗的温馨和欢乐。它总是如微风细雨般沉思，总是如涓涓细流，清清地、浅浅地流淌着……稳定、安详、恬静、圣洁的美!

巴赫的黑色手套，是对生命的一种敬畏，让他驾着自己的灵魂逍遥地向澄明的境界飞翔。

巴赫的黑色手套，是对生命的一种祭悼，为那些被脱光了外衣、放在炭火上炙烤的雀鸟；为世界的某个刑场，被蒙上黑布的成排的囚犯；为一只中弹的挣扎着的天鹅；为一只被压在玻璃下面连梦都碎掉的蝴蝶……

如果在世界毁灭之前，让我选择听一张唱片，那么肯定是巴赫的，不管伤口是否会因渴望太深而重新流血，不管逝去的灵魂是否会因为安抚而早日步上天堂的台阶。

与千千万万个生命融为一体，巴赫寻找到音乐的真谛，寻找到可以让生命不朽的真谛。黑色手套，它神圣，它不允许阴谋和欲望流经它的花园；它美好，让人想起举行婚礼的一对恋人，将双手虔诚地放到《福音》书上，许下他们生生世世永不离弃的诺言。

当我灰心的时候，常常听贝多芬，因为他的音乐会给我鼓励，比起这位命运多舛的乐圣来，眼前的这点困难实在不算什么；当我徘徊的时候，常常听勃拉姆斯，他的音乐让人警醒，给人启迪；当我难过的时候，常常听莫扎特，他的音乐永远给人最好的抚慰，即使是在《安魂曲》中，也透出希望的味道……但是，我从来不知道什么时候应该专门听巴赫，什么时候不适合听巴赫。当我高兴的时候，听到的是欢乐的巴赫；难过的时候，听到的是痛苦的巴赫；愁闷的时候，听到的是忧郁的巴赫；寂寞的时候，听到的是孤独的巴赫……

巴赫，只为你的心灵而生。

这个夜里，我打开音响，再一次让《马太》流淌出来。夜像一件大衣，整个地裹住我。我坐下来，套上巴赫从梦境中递给我的黑色手套，庄重地梳理那些逝去的光阴。那些或忧伤或欢乐的过往，那些或热爱或憎恨我的人，我要把它们一一装进信封，为它们寻找一个个不同的温暖的住址，盖上阳光的邮戳，在春天来临之前，邮寄出去。

狄金森关上了门

有一天，我问一个人："如果一个人选择一种完全自闭的生活，他是不是会早早地枯萎？"

他和我说："也许是的，但对有些人是例外，例如诗人狄金森。"

狄金森在经历了几段感情挫折后，看透尘世，把自己与世界隔绝开来，如同一个女尼一般，常年幽居在一个偏僻的房院里。她的那些惊世骇俗的诗歌，都是在这样的环境里写出来的。

天下有几人，把孤独当成财富？狄金森算一个。

狄金森关上了门，独飨孤独的宴，那孤独完整得如同一块蛋糕，没有掉下一块儿碎屑。

她躲在房间里，不停地自言自语，把以前的回忆磨了又磨，直到它们剩下棱角分明的几件，像一个瞎子，对自己的房间了如指掌。

她坚信，越是黑暗的地方，离真相才会越近。

不再恨什么人，也不再爱什么人，她只爱她自己，和她的诗歌。

狄金森关上了门，她把世界关在了门外。她不停地和死亡对话，因为死亡是她的另一个房间，是她的唯一的一个如影随行的伙伴。

她望着月亮，她能从月亮里抽出绫罗，就像情窦初开的时候，能从爱人的心茧里抽出丝绸一样。

狄金森关上了门，是因为她不想看见漂泊在外的自己的影子。

她像个慢慢走近河水的人，越来越深的水顺着她的身体上升，直到把她完全淹没。随即，一颗孤傲的灵魂浮出水面。

尼采也是孤独的，孤独的尼采的思想和世人距离太远，所以他的作品无人欣赏，不能赢得世人的丝毫了解。对此，他说："孤独像条鲸鱼，吞噬着我。"这是尼采苍凉的呐喊，发自心底的叹息，但他也说："我的时代尚未到来，有些人要在死后才出生。"

库切也是孤独的。他只喜欢用文字诉说他对世情的观察，他与读者的沟通只限于作品。他不爱出风头，很少接受采访。三十多年来，他对外界关于他"孤僻""冷漠"和"反社会"等的指责，从来不屑一顾。他也曾说过："一生中，我一直颇成功地远离名气。"

马尔克斯也是孤独的，他在《百年孤独》里所创造的马孔多小镇，就是一个浓缩的世界，纷繁复杂，光怪陆离。沉默到极致爆发出呐喊，而琐碎之至折射出其中简单到惨白的孤独。"他们透过窗户看见无数小黄花如细雨缤纷飘落。花雨在镇上落了一整夜，这寂静的风暴覆盖了屋顶，堵住了房门，令露宿的动物窒息而死。如此多的花朵从天而降，天亮时大街小巷都覆上了一层绵密的花毯……"

多少人都是害怕孤独的，唯有那些高贵的灵魂，却把孤独当成了盐，当成了钙，当成了维生素，令他们持续着灵魂的健康和伟大。

狄金森关上了门，尼采放下帘帷，马尔克斯合紧窗子，库切熄了灯……他们退居到自己的内心，那里干净、清爽，无一丝恼人的尘屑。伟大的孤独如同缓慢升起的月亮，他们在那纯白的骨头里压榨着稀有的骨髓，用来供给他们余生的所有营养。

被普鲁斯特解救出来的美

普鲁斯特总是穿着厚厚的大衣，因为他怕光、怕冷、怕声音。

他从小受到具有艺术家气质的母亲的无微不至的呵护和关爱，天性敏感而忧郁。十四岁那年，他是这样回答别人的提问的——“你对不幸的想法是什么？”答曰：“将我和妈妈分开。”“你的眼中钉是什么？”答曰：“是那些对美好事物毫无感受而且从未体会过疼爱的甜蜜滋味的人。”

后来，他在小说中也处处留下了这种“甜蜜滋味”的心路履痕。例如，某天晚上，母亲拒绝在他入睡前吻他，令他辗转难眠。只有在他的再三恳求之下，母亲亲吻了他之后，他才安然睡去。

对母亲的过于依赖，导致了他性格上的脆弱，使他对外面的世界感到陌生、害怕。他喜欢把自己关在屋子里，从一开始就那样，他在给自己建造属于他自己的城堡，他所用的积木是那些美丽的文字，和他固执的思想。一个人的游戏，他也可以坚持一生。

普鲁斯特身罹多种慢性疾病，羸弱的体质从客观上铸就了他那种神经质的敏锐悟性。他怕光、怕冷、怕声音，总是穿着厚厚的大衣，点着小灯在床上进行创作。在他那里，光是猛兽，冷是幽魂，声音是魔，他蜷缩在自己的黑暗里，像一个惊恐的孩子，怕极了这个世界，仿佛曾经被这个世界伤害得千疮百孔。他房间的窗户从不打开，因为只要一闻到奥斯曼林荫大道上的栗树气息，他就会感到难以忍受的窒息。甚至，一位朋友带来的极轻微的植物性芳香，也会令他头晕目眩。

他的人生注定是要轻拿轻放的。记忆分裂成无数碎片，重要的放在显眼的位置；不重要的，则沉入深渊。

“幸福的岁月是失去的岁月，人们期待着痛苦以便工作。”普鲁斯特没有自怨自艾，相反心甘情愿地将自己深锁在这个暗无天日的地方，整整十五年，笔耕不辍，直到去世。

长期的幽居独处，保障和发展了他这种特殊敏锐的想象力和深刻的洞察力，使他远离了纷繁杂乱的生活表象，超越了日常的生活经验，到另一个精神的王国里去寻幽探险。他让自己意识的触角穿过事端的表层，深入到现实世界的本质领域，在那里谛听天籁中神明的启示。他用手中的冰刀凿开冰层，正视下面波涛翻滚的人类无意识的激流。

于是，世界变得如此奇妙，黑夜并不是枯燥无味的，甚至在他的梦中，都是一个充满奇思妙想的绮丽幻境。他仿佛打开了一个被遗落的世界，满目尘埃和落叶，是依然在咒语中酣睡的样子。他蹑手蹑脚地踱步在他自己的花园，努力不去惊扰任何事物，哪怕是那只正在用露水淋浴的虫子，哪怕是那只以四分之三拍的节奏歌唱的鸟。

夜是黑色的晚礼服，他很想二十四个小时都不脱掉。在他眼里，那才是绽放的时刻，是可以将内心的世界袒露在星光下呼吸的时刻。太阳的威严他无法直视，而月亮却在安静地等待人们的注视，月亮比太阳更温柔，更直白。

风吹过的时候，有一点孤寂，有一点唏嘘，幸好有月亮安慰着他的敏感，有星光和他呼应，它们闪烁的节奏，和他的心跳一样，都在说着同样一句话：轻轻地生活啊！

普鲁斯特曾讲述过一个关于美的本质的传说。他说优美如童话里的公主，被某个可怕的魔法师施了魔法，关进了一座城堡。人们历尽千辛万苦，要去寻找她。敲遍所有的门，却一无所获。许多人失望之余放弃了努力，但有人宁愿割舍生命中其他一切快乐去寻找。终于有那么一天，他受到了神灵的感召，人们找了一百年也没找到，他却在不经意间碰上了，于是那门就自动开启……

普鲁斯特正是这个不懈寻找美的人，并在不经意间碰上了美，继而解救了她。

安德烈·莫罗亚曾说过，普鲁斯特发现了新的“矿藏”。这新的“矿藏”就是被他解救出来的美——意识流。在那些黑暗的时光里，他将他的美缓缓地注入《追忆似水年华》中，惊羡了所有人的心眸。在独处中，他以自己的方式成就了自我，而且为人类留下一座功能强大而几乎无所不能的精神城堡。这就是普鲁斯特的秘密。

被上帝抛弃的人

人的一生就像一部有固定时长的电影，无论结局如何，时间的长度边缘像被剪辑师剪下来，断口干脆，绝无回头反复的机会。在那被既定了期限的生命里，你是否调好了生命之琴，演奏出属于自己的那一段波澜壮阔的乐章？

陀思妥耶夫斯基不是上帝的宠儿，常常被扔将出去。他患有癫痫病，九岁首次发病，之后间或发作伴其一生。1849 年 4 月 23 日，他因牵涉反对沙皇的革命活动而被捕，并将于 11 月 16 日被执行死刑。在行刑之前的一刻才改判成了流放西伯利亚，上帝将这个走到地狱门口的倒霉蛋又捡了回来。

1864 年，他的妻子和兄长相继逝世，他还需要照顾兄长的家人，这使得他濒临破产。他希望通过赌博来还清债务，却欠下更多债，整个人陷入消沉之中。

为了躲避债主，他被迫到欧洲避债。出版商答应给他预付款，但是要求他在半年内写一部长篇小说。陀思妥耶夫斯基当时正在写《罪与罚》，没有时间再写一部，但是出于生计只得同意。1866 年他的代表作《罪与罚》出版，可视作“近代世界推理小说鼻祖”。陀思妥耶夫斯基以口述方式，同时说不同的三篇小说故事给三位秘书记录，堪称文学特技。而另一部长篇离交稿只余一个月，还没有写。在朋友的介绍下，他认识了速记学校的高材生安娜，两人高效率地工作，一个月内完成了《赌徒》，于 1867 年出版。同年两人结婚，在安娜的鼓励与帮助下，他的生活才开始安定下来。1868 年他完成了《白痴》。1872 年完成了《群魔》。1873 年开始创办《作家日记》期刊，很受欢迎。1880 年他发表了《卡拉马佐夫兄弟》——这部他后期最重要的作品。1881 年陀思妥耶夫斯基准备写作《卡拉马佐夫兄弟》第二部。2 月 9 日，他的笔筒掉到地上，滚到柜子底下。他在搬柜子的过程中用力过大，导致血管破裂，当天去世。弥留前妻子为他朗诵《圣经》。葬于圣彼得堡。

这是多么糟糕的苦难史，陀思妥耶夫斯基仿佛就是被上帝扔来扔去的人，随时都在死亡的边缘徘徊；这又是一颗多么伟大的灵魂，在无比凄惨的逆境中，创作出那么多脍炙人口的文学巨著。他值得尘世的每一个灵魂向他敬礼。

村上春树说："陀思妥耶夫斯基以无限爱心刻画出被上帝抛弃的人，在创造上帝的人被上帝所抛弃这种绝对凄惨的自相矛盾之中，他发现了人本身的尊贵。"

尼采说，生命是一条毯子，苦难之线和幸福之线在上面紧密交织，抽出其中一根，就会破坏了整条毯子、整个生命。生命，要通过落魄去领悟坚强，通过叛逆去领悟真我，甚至通过暴力去领悟文明，通过战争去领悟情感，通过血腥去领悟一朵花儿的芬芳，通过死亡去领悟新生……多少人讲起他们的人生故事，可听得出，是那挟裹着一世沧桑的心，在流露着他们对生命无尽的眷恋和感恩？

上帝赐给陀思妥耶夫斯基如此多的苦难，他又是怎么对待它们的呢？他说：我只担心一件事，我怕配不上我所遭受的苦难。

是啊，不是每一个灵魂都配得起苦难的。那些苦难的沙子，会将一个伟大的灵魂磨砺成最耀眼的珍珠，陀思妥耶夫斯基就是其中最亮的一颗。

苦难在他的人生深处掀起一浪高过一浪的海啸，即便如此，我们依然能够听到他那份恬淡的心声。在与苦难搏斗之余，他会用最柔软的手帕轻轻擦拭额头，深情地坐到窗子前，向窗外的每一片绿叶、每一朵花点头示意。在他看来，上帝哪怕只给他一个风平浪静的日子，都是一种恩赐，他都要充满感激地去回味：

“当我十岁那年，冬天，我常常喜欢闭上眼睛，想象着一片树叶——绿油油的，亮晶晶的，上面有叶脉，阳光在闪耀。我睁开眼睛，都不敢相信，因为这太好了，于是又闭上了眼睛……树叶是好的，一切都好！”

被上帝抛弃的人，他相信，他依然可以在人间扎下幸福的根。

临终的葡萄酒

乐圣贝多芬临终前一边惋惜不能再喝好酒，一边对周围的人说："朋友们，鼓掌吧，喜剧结束了。"

同为作曲家，勃拉姆斯却只要是好酒就一律不拒，痛饮一口莱茵河葡萄酒，说句："果然名不虚传呀！"倒头便去了天堂。

这两个在音乐王国君临天下般的人物，用一生不断地珍藏着美酒，这些美酒被密封在一个叫作苦难的罐子里。

他们的一生充满苦难与悲凉，但他们在临终前依然在用轻松的节拍和谐谑的乐趣一点一点地消解着生活的悲痛，为我们驱赶着生命中一个个不祥的噩梦。

他们活在过去，那些黄金岁月的每一天，至今仍在时间的大河里滔滔作响。他们也曾有过绝望的时刻，有过对似水年华的深深追忆；也曾有过迷失的时刻，无法在生命的镜子中照见自己；也曾有过被女人蔑视了爱情的时刻，有过渗着血的怀念；也曾有过无法听见声音的时刻，世间黯淡无光……他们无法阻挡被汹涌的岁月更快地带到暮年，但他们会使悲哀成为音乐，成为火热而又凄切的旋律，在每一个空虚的夜晚，反复来到世人无知的耳边。

在音乐史上，贝多芬是继海顿、莫扎特之后的古典主义与浪漫主义的桥梁。贝多芬于 1770 年 12 月生于德国波恩，其父亲看出小贝多芬的天赋，想把他培养成第二个莫扎特，所以坚持让贝多芬学习钢琴。1787 年，到维也纳的小贝多芬被莫扎特发现，并说："留心他！不久他将惊扰世界呢！”贝多芬没有让莫扎特失望，最终成为与莫扎特齐名的作曲家。在音乐史上，贝多芬的音乐是英雄心的表现，是其伟大灵魂的特征。他用傲岸的气质与绝大的自负心来同世界见面。他反对仅仅讨人喜欢的艺术与女性气的趣味，而忠于冥思苦想，以致谱曲时满头大汗。

为什么在贝多芬的音乐中有如此多的英雄主义的乐思呢？这与他的经历不无关系。从 1796 年起，他的听觉便开始减弱，这时他的音乐生涯未到一半。在与同行的隔绝中，在自叹命运悲惨中，他立志继续与命运斗争。于是一大批伟大的交响乐作品问世了，其中《第九交响乐》是在他全聋的状态下出世的，更说明这位英雄“要扼住命运的喉咙”的悲壮气质。

谈到贝多芬的英雄主义气概，不能不联想到《命运交响乐》。1807 年是贝多芬一生中比较悲惨的时期，耳聋已经确定，与“不朽恋人”的婚约又遭破坏。种种悲剧最终爆发成《命运交响乐》。贝多芬勇敢地战斗着，在给友人的信中，他写道：“我已经决心和自己的命运尽力战斗，无论如何不愿自己破灭。”这就是《命运交响乐》第一乐章的乐思。

死亡如同黑夜，是每个人的必经之路，但它的终点永远是个未知数。

人终将回到一个宁静的世界，也许是带着干净的灵魂，也许是带着一生的罪孽，但谁又能知道在另一个世间的命运呢？未知世界永恒的沉默助长了人间苦难的深度。苏联钢琴家里赫特在晚年一脸惘然、神情呆滞地说：“我已经厌倦了，我讨厌自己。”他已经走到了黑夜的尽头，放弃了所有的幻想。

同样是音乐中的精灵，贝多芬和勃拉姆斯在临终时会痛饮一口葡萄酒，而里赫特则蒙上了自己的双眼，等待死亡的召唤。如果他们同在天堂，贝多芬和勃拉姆斯会继续在音乐中畅饮葡萄酒，而音符将再也无法注入里赫特的心，因为他在死亡的同时把灵魂丢失了。

“灯亮了，我听到声音。有人在奔跑，在绝望地呼号。然而在另外的地方，有成千上万的孩子正在出生，成千上万的妇女将成为母亲：生命并不止于你和我。你死了，我恐怕也要死去。但这无关紧要，因为生命并没有死去，它存在，生命存在着。”

人总是要死的，即使你长得漂亮也不行，即使你手里握把丈八长矛也不行，即使你有宫殿有汽车有学问有真理有大印也不行。你无论是曾经在银行里取了巨款，还是吃过蟠桃、芒果之类，你无论是在红地毯上听过二十一响，还是在痴情的床上升入了仙境……总有一天，人将再也站不起来，再也不知觉什么，再也与这世界毫无关系。但当那永恒的休息、最终的黑暗到来的时候，罐子被打碎，美酒的醇香却历久弥新，就像大师们的音乐和灵魂，弥散在后世的天空，征服着他们的臣民。

想起了一个诗人瘦骨伶仃的诗句：

瞎了他能看见风景
聋了他能听见音乐
死了他能走向回家的路途……

漏水的月亮

“俄罗斯诗歌的月亮”阿赫玛托娃有一次与外交官伯林聊天聊到半夜，饿了。阿赫玛托娃家里只有一点煮土豆，于是，在炉边，阿赫玛托娃和伯林，还有她的儿子，三个人一起把盘子里的那串土豆快乐地分着吃光了。

俄罗斯人耐曼在《阿赫玛托娃记事》一书中记录了他与阿赫玛托娃第一次相遇的情形：阿赫玛托娃要招待耐曼，端来的盘子上只有削得不齐、已有些干巴的孤零零的一根煮过的胡萝卜。

这些点点滴滴的记忆碎片记录了阿赫玛托娃一生受过的苦，而这仅仅是她千疮百孔的生命里漏出的点点滴滴的水。

阿赫玛托娃，这位1912年便以诗集《黄昏》一跃登上俄罗斯文坛的抒情诗人，被她的同胞誉为“二十世纪的萨福”。在俄罗斯文化和精神遭受劫难的同时，她本人也经受了几乎难以想象的磨难：1921年，她的第一任丈夫、杰出诗人古米廖夫遭枪决；大清洗的1935年，她的儿子与当时的丈夫、小说家普宁同一天被捕，儿子曾经被判死刑，后改为流放。除了家破人亡，志同道合的诗人朋友们在周围相继消失，也给阿赫玛托娃的心灵带来无比的创痛，其中包括眼睁睁地看着她始终满怀感情的诗人曼杰斯塔姆被抓走。1938年，这位公认的诗歌天才死于远东集中营之间的辗转途中。但是，悲痛并没能压垮这位女诗人的坚强意志，对于命运她始终采取一种高高在上的略带嘲讽的态度。伯林这样描述他第一眼见到的阿赫玛托娃：“有着阔大的尊严、从容不迫的气度、高贵的头、庄严的举止和含着巨大悲哀的眼神。”伯林禁不住弯腰行了一个礼，因为他感觉只有这样才符合她“悲剧女王”的身份。

苦难是一条毒蛇，在她的生命中如影随形。她刚开始写诗的时候，遇到的不是鼓励，而是反对。她父亲是一位海军军官，似乎预见到了女儿作为诗人的坎坷命运，因此坚决不准女儿写诗，她只得以曾祖母的姓作为笔名发表诗作。她的少女时代几无欢乐可言，父母因感情不合长期分居；两个妹妹先后死于肺病；自己也曾两度感染上肺病，从而痛感人生的无常和孤独。

她憧憬和追求真正的爱情，渴望有个男子以深挚的爱拂去她心头的孤寂、惆怅和忧郁，然而造化弄人，她不是受到欺骗就是被外力夺走所爱。

她受尽了爱情的践踏，她的遭际像苦艾一般。1946 年，她遭到日丹诺夫的严厉批判，他辱骂她为“混合着淫秽和祷告的荡妇和尼姑”，将她革出苏联作协，迫使她的声音沉寂了将近十年。

她一生颠沛流离，仅免于死。她背负着沉重的十字架写诗，她一直在逆流中挣扎，用诗篇向人们诉说心底的哀怨。

这是被整整一个世纪的风暴折磨着的女人，那些苦难的风暴，诞生了这个比瀑布、银河更灿烂的生命。

阿赫玛托娃，一个颠沛流离的灵魂，她在生活的每一天、生存的每一个角落都承受着苦难，但她没有因为生活的悲苦而萎靡不振，每天照样去看日出，看一个新鲜而伟大的生命的分娩。她劝慰自己，每天的太阳都是新的，会告诉她新的消息。可是太阳就像是被她的敌人施了魔法一样，每一天告诉她的，都是不停的诅咒、不停的打击。

她是一位歌者，却被堵住了喉咙；她是一位舞者，却被捆缚了双脚；她是一位天使，却被剪断了翅膀……

她注定了是一枚月亮，躲在生命的暗处，写她的诗，盛开她灵魂里的歌，一行一行地铺展她永不衰败的少女情怀，和永不凋残的对爱情的憧憬。她用她的诗句梳理自己的羽毛，安抚灵魂，她把那些苦难磨砺成珍珠，串成了项链。

古希腊的一位诗人说：“我身上有无数个裂缝，到处在漏水。”此时此刻，我只能想到这一句话，我想也只有这一句话能恰如其分地形容她——一个月亮、一个时刻在漏水的月亮。

“俄罗斯诗歌的月亮”，无上的光辉掩盖不住她内心的伤痛。

伍尔芙内心的飞蛾

女作家伍尔芙的生活频频被恶梦所惊扰，心力交瘁，喜怒无常，始终受到间歇性的神经衰弱的严重威胁。她在日记里写道：“很少有人像我这样为了写作而百般受苦，我想，只有福楼拜一人而已。”

她十分服膺同时代的骁将乔伊斯的创作观：不惜任何代价来揭示内心火焰的闪光。

她将自己的创作过程比作蛾蝶做蛹，耗尽自己的心智心力，孕育蛾儿破茧而出。她自述构思《海浪》时，自己的思维所产生的一系列变化：“我的头脑发生变化，它不再继续接纳印象了。它把自己关闭起来了，它变成了一只蛹。我躺着，处于相当麻木的状态，尽管肉体常常剧烈地疼痛着——接着，突然什么东西涌了出来……于是，所有的门都在打开，而我相信是那只飞蛾在我内心展翅飞舞。”

神在上空撒了那么多星星，也撒了很多灿烂的语句，她能做的，就是在午夜，偷偷地撒开一张大网，去打捞那些被别人追着许下了愿望的流星，打捞那些随风飘散的美好的句子。

尼采有过类似的说法，他将诗人写诗比作母鸡下蛋，充满了孕育与分娩的痛苦。每一个在艺术创新的道路上走完终生的艺术家，都会以自己血肉模糊的躯体一次次印证这样一句诗：艺术的圣殿是以痛苦砌就。

孤独是人与人之间不能消亡的隔阂，如影随形。伍尔芙知道，它已经在她的身体里深深地扎下了根，即使死去，它也永不退场。

第二次世界大战期间，她本来就已经纤弱的神经又一次次地经受着惊惧的考验，已命若游丝。她在日记中记录道：“炸弹震撼我住所的窗户。我问道：房子会不会倒塌？如果倒塌，我就同归于尽了。……我输得可惨啦！夏洛蒂·勃朗特曾说：‘我的书给予我的，只是痛苦。’今天，我同意她的话，我的心情又沉重，又忧郁。”在价值的彻底破毁中，她的内心纠结着巨大的愤懑和愁苦。

伍尔芙内心的街道，一方面无比孤寂，一方面又喧嚣躁动。有时候太过清冷，甚至听得到一只蜻蜓在指挥交通；有时候又太过拥挤，杂乱无序，可是除了茫然，她依然抓不到任何事物。

促使她毅然踏上归途的也许只在于为了逃避又一次可怖的精神危机的来临，那些交织着噩梦与惊惧的疯狂岁月。仅此一点，就足以折弯生存的勇气。她在遗书中写道：“我确信我又要疯了。我感到我们不可能再经受住一个可怕的精神崩溃时期，而这一次，我再也不会复原了。我开始耳鸣，思想不能集中。因此，我将采取一个似乎是最为恰当的行动……”

弗吉尼亚·伍尔芙自绝于艺术。她说，生活并不是一连串左右对称的马车车灯，生活是一圈光晕、一个始终包围着我们的意识的半透明层。她为了这个“半透明层”而呕心沥血，她的神经再也忍受不了百般的折磨与创痛，1941年3月28日，投入了家乡的一条小河。那一刻，她终于获得了解脱。

对于别人来说，活着，爱可以捧束玫瑰来敲门，情可以点燃蜡烛以求入，善意总坚持它微笑的拜访，即使陌生人，也会绅士地咨问你接见与否的意见。但对于伍尔芙，唯有命运的波折，硬生生地闯入，全然不顾一个人，以她单薄无能的生命，如何将可能一生都无力修复的破坏担当。

是啊，伍尔芙无力担当她的命运，她选择了逃避。

她将自己化作了一只真正的飞蛾，扑向她梦寐以求的灯火。

像夏日的黄昏缓缓降临

博尔赫斯，这位阿根廷最伟大的作家，诞生于一个患有遗传性失明症的家族中。他用一双视线模糊的眼睛阅读了无以计数的书籍，对众多热爱博尔赫斯的读者来说，他脑子里的书抵得上阿根廷的国家图书馆，而且更加生动、出色。博尔赫斯最后二十多年的创作，是在视线完全黑暗的状态下进行的。他甚至不得不放弃了对短篇小说的挚爱，去创作对于盲人来说更适宜记忆的格律诗。我们不能用轻浮的黑暗来形容这种黑暗，它更像是海洋的深处，那种真正的、没有任何生命能存活下去的冰冷的深处。可是，正在深渊中的博尔赫斯表达自己的感受时，却说，那感觉“像夏日的黄昏缓缓降临”。

暮色黄昏，天空中开始缀满在白天隐藏起来的星星。这是失明的博尔赫斯感受到的美，痛楚而又无法逃避的悲凉的美。他赶走了那些喧嚣和躁动，把自己留在一个花园里。有时候感觉自己很轻，如同坐在一盏花瓣上，听悠扬的晚钟，听风车的转动，那些小生灵再不怕他，他也不再惧怕任何事物，世界一下子平静了。

生活不再那么烦琐、庸碌，而是瞬间变成了一件精美的瓷瓶，他似乎看见了它光洁的肌肤闪着诱惑的光，甚至，他数清了那停留在瓷器上的蝴蝶翅膀上的花纹。

“像夏日的黄昏缓缓降临。”这短短的一句话够人回味一生。它瞬间震撼了我，让我对生命多了一份领悟。如何把生命的精彩进行到底？如何以豁达的心来面对苦难和死亡？这成了一种灵魂的追问。他令我同时想到了贝多芬和勃拉姆斯，想到他们临终前的从容和豁达，他们都喜欢喝酒，不仅这一生与酒结缘，似乎还与酒神定下了来生之约。他们临终前说着关于美酒的谐谑的话："好酒啊，果然名不虚传！"没有丝毫哀伤，相反却有一种对悲苦命运的嘲讽之意。苦难可以毁掉他们的身体，却永远无法摧毁他们的意志，永远无法阻挡他们向上的心灵。而在漫漫人生中，始终陪伴在他们身边，呵护、慰藉他们的灵魂的，是香醇的葡萄酒。这些被葡萄酒的芳香环绕着的灵魂，让我们始终相信，苦难和死亡不是结束，只是另一种征途的开始。

我的一位女同事，是一个年轻的母亲。不幸的是，活泼可爱的儿子在四岁半的时候出了意外，夭折了。最初，她无时无刻不笼罩在悲伤的气氛中，人也憔悴得不成样子。有一次，她看到了雨后的彩虹，想起儿子说过的话："妈妈，彩虹真漂亮，我想去那个桥上玩……"她的心结忽然解开，这位母亲最终在心灵深处悟到，只有那些失去的、永远不会再回来的事物，才让生命变得如此甜美，如同断了弦的绝唱。她的孩子虽然去了，但在她的心里得以永恒。从此，她从办公室窗户外看见天空掉下一片羽毛时，不会再像以前那样停下脚步缅怀；在麦当劳里听见别人家小孩的笑声，也不会再泪眼婆娑；每当彩虹出现，她都会对自己说，她的孩子正在那座斑斓璀璨的桥上玩耍。

人世间的种种苦难，如果你躲不过，那么就勇敢地面对吧。无声的、黑暗的世界里依然有它自己的美，正如经历着丧子之痛的母亲看见了彩虹，正如失明之后的博尔赫斯看见了满天星辰。

再深重的苦难，也不过是像夏日的黄昏缓缓降临。

一只天鹅的蓝色眼泪

今夜，俄罗斯的月亮真凉；用诗歌的扫帚打扫过的这片天空真凉；那双忧郁的眼睛真凉；那双眼睛看到的前面的路真凉。

因为绝望，他的美丽如同鲜血。最后的乐曲响起，叶赛宁——最后一只舞蹈在乡间的天鹅，临终的吟唱让俄罗斯更加寒冷。

叶赛宁用一生舞蹈，他的左脚陷进火热的城市，右脚陷进潮湿的乡村。最后一只天鹅，滴着蓝色的眼泪。

精疲力竭的天鹅啄着过往的记忆，他想起拉伊赫，想起邓肯，想起托尔斯泰的孙女，想起加琳娜。

他与拉伊赫的舞蹈是与一株小花的舞蹈，深沉、典雅，隐匿着淡淡的忧伤。他们经过一段热恋后成婚，婚后感情也很融洽，但也许是青春气盛，在几次口角后两人草率离婚，后拉伊赫改嫁他人。但在短暂的风暴过后的沉思默想中，叶赛宁总对自己最初的恋人怀念不已。诗集《小花集》就是献给拉伊赫的，诗人在这部诗集中表现了自己深情的呼唤和绵绵不绝的爱恋之情。

他与邓肯的舞蹈是两只天鹅的舞蹈。他们相互吸引，同时燃烧着自己。邓肯那极其忘我的表演使他忘记了舞蹈的本来内涵，只顾去倾听那个只属于她自己的灵魂饱受煎熬的故事。邓肯用形体舞蹈，叶赛宁用诗句舞蹈，两个美好的人，在阳光里，在月光下，在雪地，在床上，无时无刻不在相拥而舞。他们飞翔，在梦的上方；他们燃烧，将自己裹在激情里。那是两只高傲的天鹅，彼此相爱又相互伤害。

他与托尔斯泰的孙女的舞蹈是与命运的舞蹈。他在命运的旋涡里不停地旋转、旋转，1925 年 9 月的婚礼，犹如一场不详的风暴，席卷了他的整个身心。仅仅三个月，他就带着这个无法挽回的错误，悄然停止了自己的舞蹈，而那些诗句，仍在不息地跳动。

他与加琳娜的舞蹈是与风的舞蹈。不管他充满激情还是精疲力竭，风都在他身边，贴着他的灵魂浅唱低吟。加琳娜是一把紫色的梳子，梳理着人世间对他的赞美和诅咒，梳理着他的羽毛、他的诗句，让他在绝望中衔住一根稻草。

拉伊赫、邓肯、托尔斯泰的孙女，一个个离他而去，只有加琳娜，这月亮一样的女子，回到他寂冷的身边，去热爱他已滴尽了鲜血的尸体。

“人世间，死不算什么新鲜事 / 可活着，也并不更为新鲜。”诗人的笔在这里停止了哭泣。叶赛宁只是一个孱弱的诗人、一只舞蹈的天鹅，他妄想用真实抵御这个世界铺天盖地的谎言，妄想用柔情缠绕这个世界的冷酷，妄想用爱意化解这个世界的刀光剑影，可到头来他只能精疲力竭地流尽最后一滴血，这最后一滴血，变成了“一滴永远不干的蓝色的眼泪，残留在俄罗斯母亲的脸上”。

椅子里的海明威

海明威有一个习惯：站着写作。这样使他常常忽略椅子。

那把陌生的椅子，始终背对着他，在黑暗的角落里露出闪闪发光的牙齿。它在窃笑，在整个生命向前行驶的时候，它从未停止蓄谋。

在乞力马扎罗的雪山上，海明威把自己整个地抛出去，他想褪去所有的衣物与雪相拥，像上帝一样，用泪水洗净人心上的悔恨和尘埃。

现在，站着写作的海明威却不想再站立了。陌生的椅子伸出温暖的双臂，异常亲切地拥住这个疲惫的人。

是的，他不想再站立了，一生习惯站着写作的海明威，最后却蜷缩进椅子里，变得无比怯懦。

对于一生习惯站立的海明威来说，那把椅子就是死亡。他曾经说过：“生活中无论何时都是无可救药的，死亡是所有不幸的至高无上的解救办法。”在《现在我躺下》一书中，他借一个美国士兵之口说道：“很久以来，我就带着这样一种想法过日子，那就是，只要我在黑暗中一闭上眼睛，让自己睡去，我的灵魂就会出窍，我有这种感觉很长时间了。”

海明威有过不愿回顾的童年记忆。他的母亲是格蕾丝·海尔，作为著名的歌唱家，她有副好嗓子，有准确的听力和好的相貌，然而当她嫁给海明威的父亲时，却是一个悲剧的开始。用海明威的话不客气地讲，他的父母“之间的共同点并不比狼和狗之间的共同点多些”。或许这也是他父亲走上自杀之路的原因之一。而当格蕾丝站在海明威面前时，则完全像个统治者，她把他当女孩来对待，在很长一段时间里让他和他姐姐穿一样的连衣裙，而这些都是他厌恶至极的。终其一生，海明威对母亲的看法始终是："我恨这个老太婆。"

海明威用一只脚站着写，十分辛苦。但是给他带来最大痛苦的是疾病和伤痛。第一次世界大战中，他在欧洲战场上负过一次重伤，取出小弹片二百二十七块。第二次世界大战中，他是战地记者，又多次负伤。1944 年，他为协助英国空军对德作战，到了伦敦，在一个灯火管制之夜，因汽车失事，他的头部和膝盖受伤，被送到医院急救时，缝了五十七针。两天后，他躺在医院从几家报纸上竟然看到了关于自己的"讣告"。1954 年初，他在非洲旅行时，途中飞机失事，他的肝部和腰部受到强烈的震动，下脊椎受重伤，妻子玛丽也断了两根肋骨，两人被送到内罗毕医院治疗。这使他再一次看到自己的"讣告"。

晚年，他的身体状况每况愈下，经常剧烈头痛，思维和说话迟钝，写字很费劲，还伴有耳鸣、听觉失灵等症状。1960 年，渴望写作的念头再次纠缠着他，但是高大的身躯已萎缩疲乏，不允许他再度进行这种极为艰苦的脑力劳动。

陌生的椅子上坐着外刚内柔的海明威，椅子递过来一把精致的猎枪，然后，露出闪闪发光的牙齿，它在窃笑，它蓄谋已久。

死亡虽然是个无可避免的结局，但如何死亡却是命运的注脚。海明威也许不会知道他将以自杀的方式结束生命，也许他知道，但不会预知是在哪一年。这是命运神奇的一面。

对于一个热爱写作的人来说，无法写作，无异于被剥夺了生存权利。"一个人能够被毁灭，但不能被打败。""每一个人在这世界上都受挫折，有许多人后来反而在挫折的地方长得最为结实。"这是他传达给世界的声音。他一生都在保持硬汉形象，以满足公众对他的期待，但那一刻，他累了，他拒绝表演了。终于，他向自己举起了手枪，果敢地选择了死亡。

六十二岁，死的时候，他什么都有了：地位、荣誉、金钱和爱情。

什么都没有的时候，他选择站立；什么都有的时候，他却选择了蜷缩。

或许我们习惯的是站立的海明威，所以对蜷缩进椅子里的海明威感觉陌生。不管怎么样，我们记住了圣地亚哥始终保持着与鲨鱼搏斗的姿势；记住了拳击手的拳头一刻不停地击打着尘世缝隙中的媚俗；记住了勇敢的斗牛士分分秒秒徘徊在死亡的门槛前；记住了战地上那永不停息的钟声；记住了太阳，总是在被我们遗忘的时候悲壮地升起……

第六辑

那些
安分守己的忧伤

跑不到时光的前头，就敬畏地仰望它吧，看看它到底有多神奇，怎样刻画年轮、雕刻生活。痛苦只是暂时的，酸甜苦辣是不可或缺的生活调料。茫然、惶恐、快乐、悲伤，完整地构成回忆。我提醒自己：永远不要和时光背道而驰，你的幸福城堡在前面，你可以不必奔跑，但灵魂必须提前抵达。

出生前的那片海

“雷蒙，你为什么总是微笑？”有人问。

“当你得完全依赖别人才能生活下去，你就一定要微笑。”这是雷蒙的回答。

这是电影《深海长眠》里的一段对白。我想对于一个从脖子以下高位截瘫二十多年的人来说，他的意思是既然活着，那么微笑是最好的选择。但是他并不想活着，他一心想的是死亡。

作为健全的人，我们其实永远无法真正体会那些身有残障的人的感受。我们看到许多“身残志坚”的人，例如霍金、张海迪，他们的成就让我们敬佩，让我们自惭形秽。但是他们对生命的体验我们能了解吗？

生活困顿的邻居罗萨、身有残疾的漂亮女律师朱丽娅，她们本来都想去帮助雷蒙，但她们渐渐地发现他们自己才是需要帮助和被帮助的人，她们都爱上雷蒙，因为他的心灵比她们都透亮。这种透亮不是一般意义上的“身残志坚”，那是一种对死亡的深切了解。

在我家附近，有个靠拣垃圾活着的精神病人，每天穿着一身脏兮兮的破烂衣衫，无所顾忌地招摇过市。

他和别的精神病人有些不一样，他不像他们那样总是口中念念有词，神情举止异常怪异。他很安静，有时候甚至安静得像个做了错事的孩子，蹲在地上，静静地望着每一个从他身旁路过的人。

他对每个人都保持着羞赧的微笑，好像每个人都是他的朋友一样。淘气的孩子们捉弄他的时候，大人们放宠物狗追他的时候，他也是开心的，他认为那是他们在和他玩耍。

他没有明天，他只能活在今天。冬天将至，他单薄的衣衫开始无法抵御渐渐袭来的风寒了，但他丝毫没有为自己的窘境担心，他脸上的微笑依然没有改变。

他用微笑应对着他多舛的命运。

那是一个黄昏，夕阳像鲜血一样灿烂，他安静地坐在地上，对着夕阳发呆。他就那样孤独地坐着，风将他的长发吹得更加凌乱。那一刻，我看到他除了微笑，还有一双忧郁的迷人的眼睛，让人爱怜。

那是一幅很美的画面。

第二天早上，人们发现他已经死去，脸上带着微笑。夕阳将他的心完完全全地收留了。

我不知道他在那一刻心里想着什么，为什么会带着微笑离去。他已经是一个没有思想的人了，怎么仍然会那样着迷灿烂的夕阳呢？或许是他感受到了将要到来的死亡吧，没有恐惧，相反，却感受到它异常的美丽，像夕阳，闪耀出最灿烂的光华后，归入沉寂。

那是他无法表达出来的夕阳的美：宁静、深邃和生生不息。

《深海长眠》中有个镜头反复出现：雷蒙年轻时跳水伤到颈椎，身体瞬间失去知觉，但他睁着眼睛漂在水中，一脸平静……我想那一刻他肯定“看到”了死亡，如此静谧，如此安详，他甚至不想从“那里”回来。于是此后的二十多年他只想“回去”，回到他出生前的那一片微笑的海洋。

死不是可怕的事情，但在回到出生前的那片海域之前，你一定要认认真真地去度过你生命中的分分秒秒，因为那分分秒秒的生命最终将会化作海面上那些幸福的泡沫，飘舞在你的灵魂旁边，帮你唤醒那些沉睡的花朵。

微笑着去度过你生命中的分分秒秒吧，尽管活着是那么沉重，而死亡是如此轻灵。

别让时光把你倒着拎起来

别让时光把你倒着拎起来，那样，你会掉落很多不为人知的秘密。

上衣左口袋里有两张过期的电影票，错过的是你一直想和爱人去看，却一直没有时间去看的电影。电影没老，我们却先各自生出了皱纹。上衣右口袋里有一本通讯录，是和你的生活息息相关，或者说你要用到的人的联系方式。每次重新抄写通讯录，就会重新检点自己忘记了多少人，忘记之后剩余的，就是所得。但你的通讯录，从来没有被丢弃，始终都是满的，也始终都是空的。裤子的左口袋里是你的乘车卡、办公室钥匙和几个零钱，告诉你生活是琐碎的；裤子的右口袋里是日日更新的手纸，时刻提醒着你新陈代谢的好处；屁股上还有一个口袋，里面装着一张白纸，上面勾画着一些很奇怪的符号，像是你与命运之间的某种对话。

还有些肉眼看不到的口袋，例如贴着贪欲的那个口袋，装着一些私房钱和暧昧的写给别的女人的情书；例如靠着嫉妒的那个口袋，装着你诬陷朋友的检举信；例如和虚荣隔壁的那个口袋，装着你沽名钓誉的各种虚假的荣誉证书……这些，你藏得很深，别人翻不出来，只有时光将你倒着拎起来的时候，它们才显露无遗。

被时光倒着拎起来的时候，你总是无限惊讶：咦！身上哪里来的那么多口袋？

当然，最主要的，还是担心被时光倒着拎起来的时候，把梦丢失，因为梦也在口袋里，在离心最近的那个口袋里。梦丢失的时候，我们无比忧伤，但我们似乎习惯了这样掩盖自己的忧伤：例如死掉了一只心爱的小狗，我们就再养一只；例如掉光了头发，我们就买来草帽；例如三年前你爱过的一个女子，离开之后，你死去活来黯然心碎惨淡经营，可是在三年零三个月的第三个小时过三分钟，你开始与另一个女子上床做爱，并一样抵达高潮……

我们可以从容地在任何一个场合和一个陌生人熟练地娓娓而谈，却总是无法进入一个熟悉的人的内心，咫尺天涯。一颗颗戒备森严的心，像筑好了防御工事的城堡，牢不可破。

我们甚至从橡胶树那里获得了真理：用新的痛苦埋葬旧的痛苦。

我们无法走到时光的前头，看它的枝头隐匿着什么，只能紧紧跟着它的步伐，贴着它的后背，一边怀想，一边感恩。因为只有对过去心怀感激的人，才能走得更远。

跑不到时光的前头，就敬畏地仰望它吧，看看它到底有多神奇，怎样刻画年轮、雕刻生活。痛苦只是暂时的，酸甜苦辣是不可或缺的生活调料。茫然、惶恐、快乐、悲伤，完整地构成回忆。我提醒自己：永远不要和时光背道而驰，你的幸福城堡在前面，你可以不必奔跑，但灵魂必须提前抵达。

在抵达那个幸福城堡之前，要感谢很多人，也要对无心伤害过的人心存歉意。

在灯光下，看到女儿手里握着橡皮，孜孜不倦地在那里改正作业本上的错误。孩子们可以随心所欲地犯错，可以把太阳放到夜里，可以把树种到天上，可以把人画出四条腿，他们不必为自己的错误担心，因为他们有橡皮，他们可以改正，一切都来得及。而我们呢，被岁月的鞭子赶到坟墓边上的人，已不容许再有任何过失，不管是打碎了亲情，还是碰落了友情，对于我们的后半生来说，都是一种难以缝合的痛苦、一种永无宁日的煎熬。

如果，真的有一种不能抗拒的哀伤，也不妨暂时接受它，静待它会在你身上种出什么样的果实来。

所以，永远不要和时光背道而驰。你要紧紧贴着时光的后背，跟着它向前走，不要让它把你倒着拎起来。因为回忆是徒劳的，只会让你的心灵长满野草，并且永远没有收割完的一天。

风筝的心

又到了放风筝的季节，可是我的城市上空却空空如也。莫非是与这城市积下了太多的仇怨，连云都躲藏起来，不肯给城市的天空一点梦想的色彩吗?

而我依然仰望，寻找那些飞翔的痕迹，寻找那只要一点点风就可以抖擞起精神来的风筝。

再次见到风筝，是在三月最破败的小巷。一些蓝色的白色的紫色的欲要飞翔的念头，被一群孩子们嫩小的手提着，轻轻地，飘在一人多高的风里。

孩子们必须奔跑，因为只有奔跑才可以带来风。

老人们说，放风筝可以放掉人心中所有的烦恼和晦气，只剩下美好的愿望。人们相信，这些用心灵里最珍贵的情愫扎出来的梦想之鸢，可以把种种美好的愿望传达给上帝。

小时候没有卡通没有电脑，却有广阔的草地放风筝。如今，孩子们有了各种各样的玩具，却再也腾不出时间和空间纵情奔跑，纵情释放他们的梦想。所有的时间都被各种补习培训填充，所有的空间都被钢铁水泥占领。在这个简陋的巷子里，我看见风筝精疲力竭仍无法飘过城市的额头，气喘吁吁仍无法惊动半点尘俗。

孩子们在巷子里终于跑累的时候，其中一个把风筝举过头顶叹口气说："有风多好，有风它就能飞上天空了。"另外几个孩子也如泄了气的皮球，蹲到地上，不停地抱怨着——

“风都哪儿去了？”

风都哪儿去了？孩子的话让我不禁一怔。风，被高高密密的楼群阻隔在外面；风，被机器的轰鸣赶往别处；风，藏在遥远的记忆里；风，躲进有歌谣的童年。小时候，我的风筝可以放得比云朵还高。在那么高的天空上，我的风筝和白云窃窃私语，那是我儿时最美丽的花篮，一直在我的记忆里晃来晃去。

风筝飞不起来，然而它们却是这座城堡里唯一长着翅膀的鸟了。它们醒着，心怀世界上最单纯的愿望：只要一点点风，只要一点点可以飞翔的天空。

天空不冷清，风筝不冷清，冷清的只有风筝的心。风筝，这春天里的邮票，何时能为孩子们邮寄来春天？

不知为什么，看着这些无法飞上天空的风筝，我的心里异常难受。尽管这是一些廉价的风筝，用最普通的材料制成，大概两三块钱就可以在任何一个商店里买到，但我还是希望它们能飞起来。这种希望点燃了我心中隐匿了许久的渴望飞翔的念头。我对孩子们说：“明天早晨在这里等我，我领你们去一个可以让风筝自由自在飞翔的地方。”

那个晚上，我挑选了最结实的竹签和最漂亮的桃花纸，精心制作了一个美丽的风筝。这是对童年的牵挂。我尽可能地将生命中所有美丽的色彩都绣到风筝的翅膀上，再扯一根长长的思念的线牢牢拴住它。我知道，我的童年不会走得太远。

风筝上的那些花朵，鲜艳得就像那群孩子的脸。我仿佛听见了风筝在说：“给我一点点风，给我一点点与梦有关的颜色。”

第二天一大早，我带上亲手制作的风筝领着孩子们去了广场。广场上人头攒动，孩子们小心翼翼地打开风筝，小心翼翼地打开自己，然后奔跑、奔跑。风来了！风筝飞上了高高的天空！

我手中的线轴飞快地旋转，我的风筝追上了云朵，正在向它打听童年的消息。

很多人站在那里不再走动，很多人仰起了头，很多人高声喊道："快看，多美的风筝！"

那一刻，我感觉到，适合风筝飞翔的风来了，那些安静的、优雅的心灵回来了。

其实，它们从来就不曾丢失，只是有待呼唤。

马不停蹄地奔向枯萎

一年又一年，像叶子一天又一天，望眼欲穿，重复着无尽的等待。风传来的任何一点好消息都会使你激动地战栗，你独自等到白首，却等不来那个温暖的胸膛。人生，是不是就此谢幕？你说："不，我只是睡一会儿。谁敢保证，黄昏的时候，他不会来敲我的门？"你说："他会带进来一阵风，在耳边，轻轻地唤醒我的幸福。"

于你，相爱、离别和想念是再自然不过的自然规律，扯动你全部的神经，耗尽你最美丽的青春，而你，并不沉沦。一个美好的念想，往往是一个女人芬芳的理由。

这是我祖母的一生，在对祖父的怀想中，马不停蹄地奔向枯萎。

萧芳芳凭借《女人四十》拿金马奖那次，张国荣给她颁奖，她上台的时候披肩不小心掉下来，然后她在发表获奖感言的时候说："这女人啊，过了四十，什么都往下掉……"

什么都往下掉，花样年华里的一切、脸上的笑和眼泪，全都是滑溜溜的，噼里啪啦泥沙俱下。

生命又何尝不是如此，绚烂总是一瞬间的事情，更多的是落寞。

没有不老的红颜。花到了秋天，开始凋落；女人，过了四十，开始掉落。女人们纷纷叹息：我们最大的情敌，不是第三者，而是岁月。

一件件东西开始离开她们的身体，牙齿、头发……她们老了，再美的胭脂也会掉落，如同那些不可挽回的青春，马不停蹄地奔向枯萎。

人世间，人与人的相遇，最是奇妙。多少人，在晚年的蜡烛下，依然为年轻时和某个人的惊鸿一瞥激动不已；多少人，奔向枯萎之时，嘴角却带着幸福的微笑。

我想，这生命，除了凋谢，是不是还可以拥有另外一种颜色？

除了落幕，是不是还可以拥有另外一种声音？

除了酸楚，是不是还可以拥有另外一种味道？

所以梅丽尔·斯特里普会在暮色之年用低沉暗哑的声音缓缓述说自己的曾经，叙说那个发生在非洲恩共山脚下农场的故事。四天会发生什么？相爱、离别和想念。和我祖母的一生一样。

他对她说："我在此时来到这个星球上，就是为了这个，弗朗西丝卡。不是为旅行摄影，而是为爱你。我现在明白了，我一直是从高处一个奇妙的地方的边缘跌落下来，时间很久了，比我已经度过的生命还要多许多年。而这么多年来我一直在向你跌落。"

她对他说："罗伯特，你身体里藏着一个生命，我不够好不配把它引出来，我力量太小，够不着它。我有时觉得你在这里已经很久很久了，比一生更久远，你似乎曾经住在一个我们任何人连做梦也做不到的隐秘的地方。你使我害怕，尽管你对我很温柔。如果我和你在一起时不挣扎着控制自己，我会觉得失去重心，再也恢复不过来。"

四天，犹如一生。那马不停蹄的秒针，每一下都扎在爱的神经上。但他们并没有被爱束缚，他们给爱注入了另一种血液："给相逢以情爱，给情爱以欲望，给欲望以高潮，给高潮以诗意，给离别以惆怅，给远方以思念，给丈夫以温情，给孩子以母爱，给死亡以诚挚的追悼，给往事以隆重的回忆，给先人的爱以衷心的理解。"这是他们对待爱的方式、对待人生的方式。

人的容颜可以衰老，芳香却不可抹去。所以杜拉斯要以这样的开头来讲述自己与湄公河畔中国人的故事："我认识你，我永远记得你。那时候，你还很年轻，人人都说你美。现在，我是特地来告诉你，对我来说，我觉得现在的你比年轻的时候更美，那时你是年轻女人，与你那时的面貌相比，我更爱你现在备受摧残的面容。”

生命如此短暂。爱本身就是一种巨大的欢悦，当一个人散发出他的爱，他就开始享受自己爱的时候的那种充实与欣喜。像花儿享受自己的盛开，像树木享受鸟儿的啁啾，像人们享受大自然中的某个细节，无论是一阵携带着花香的风还是一丛摇曳的三叶草，人们都能从发自内心的喜爱中得到那清新的快乐吧？尽管我们马不停蹄地奔向枯萎，但因为心中装着爱，我们的芳香一直都在。这让我再一次想到我的祖母，像某种著名的花那样，被岁月碾碎，却芳香如故。

那些安分守己的忧伤

一幅安静的画，是画家揉碎了自己的灵魂，蘸着回忆，勾勒出来的梦。欣赏这样的画，也要揉碎自己的灵魂，走进去。

文字，是我们对这个世界最好的倾诉方式，有时候觉得自己是一只咯血的火狐，在雪地上奔跑，追逐自己的梦，留下美丽的脚印。

文字就是我们的舌头，就是我们跳舞的脚尖。

我喜欢那些诗一样的句子，每个段落之间，每个词语之间，都有文字的香，每个汉字的缝隙，都漏着月光。

夜深人静，一个人伏在书桌上，向一张白纸倾诉着爱恨情仇的时候，我听到了时钟里秒针走动的声音，仿佛心跳，均匀而有力，心里就有了一种莫名的感动，为这个寂静的夜里，它的陪伴。就想到了生命中的那些过往，那些值得你留恋的人和事，不也正如那不停走动的秒针吗？在生命中不停歇地跟随着你，陪伴着你。

躁动的人全去了街上，那里有烟火表演。我们常常这样贪婪，耳朵在倾听天籁，仍然奢求眼睛能够享受美景。

现在我的身边只剩下旧事和静物，那些安分守己的忧伤，却带给我幸福的闪电，令我浑身战栗。

安安静静的幸福，在身边，一刻都不曾远离。例如，屋顶上栖息的鸽子，像一小堆一小堆的白雪，让人无比担心，它在某个炙热的午后，会悄悄融化；例如，邻家的小狗跑到我的院子里来，趴在我的脚边，为我看家护院；例如，在清晨，欣赏一幅安静的画；例如，在深夜，写上几句对这个世界的看法……

静下来的时候，我看到很多事物：一只黑夜里的虫，披着透明的翼，正在咬碎花瓣上的露水。

我听到了自己内心深处的涛声。

静下来的时候，往事在心底慢慢融化。年少时光啊，一个个激动人心的夜，一首首胡言乱语的诗。那时候喜欢点上蜡烛，其实蜡烛是我们每个人的光阴。我们都是流泪的植物，都在生长，只是一个向上，一个向下，我们和蜡烛朝着两个不同的方向奔跑，有着说不清的快乐，也有说不清的眼泪，那是成长的疼痛。

那时，整个世界都在眼前，可以尽情挥霍。你把世界画成仙人掌的样子，世界就是仙人掌，宽阔、敦厚，遍布荆棘；你把世界画成狗尾巴草的样子，世界就是狗尾巴草，卑微、琐碎，满目狼藉。

世界是你自己的，你是随心所欲的凯撒。

静下来的时候，会发觉自己很轻，如同被人鄙薄的纸片，轻得没有了魂灵。案头的青花瓷，让我的灵魂顿生仰慕之情，到底是那些花的芳香泽了瓷，还是瓷的清辉润了花？那是个永恒的秘密，任何人都无法破解。

我把自己隔开，从白天的牢笼释放出来，走进夜的自由的丛林。关掉电脑，躲开那些虚幻的想象，躲开那些八卦新闻，听听角落里昆虫们微弱的喘息，才发现世界竟然如此纯洁。可是谁又能把那纯洁的世界珍藏，又在最早的早晨铺开？

这个崭新的世界忽然让我感到陌生。世界静得，只剩下黑色。

这个夜里，只剩下幸福的呼吸，均匀、舒畅。仿佛快乐的孩子，为了催促自己快些睡下，一遍遍地数着那些枯燥的阿拉伯数字。

这个夜里，我安分守己，把忧伤的灵魂交给稿纸，交给画布，交给缓缓流淌的乐曲。

世界就那样平静着，平静得有些出奇。公鸡照常催促着人们起来劳作，狗也照常用它的吠声维持着自己的生计，那吠声不外乎两层含义：要么是在见到生人时为自己壮胆，要么就是在向主人讨取食物了。

我想起一个人也是在那样安静的早晨静静地走的。那是教过我的语文老师，穿着干干净净的衣服，犹如没有根的魂魄，犹如一缕炊烟，带着人间最后的温暖，化云而去。我去参加他的葬礼，那葬礼也是安静的，甚至没有哭声。我喜欢这样送别的方式，只有低低的乐曲，不由得让人愉快地想到，我们正在护送一个灵魂赶往天堂。

等到一切都停下来，一切都静下来的时候，人就老了，便会感悟很多别人无法理解的幸福，例如找个好朋友，找个好天气，找棵结满果子的树，摇下几颗果子，然后坐下来，彼此分享无聊的生活点滴；例如默默地关注着一个你喜欢的人，你从不对她说：来吧，看我的水，波光潋滟，是为你泛出的波澜。你不愿打扰别人，你活在你自己的世界里。你只会对着山谷，喊出你的忧伤，你的安分守己的忧伤。

我合上我的稿纸，让那支奔跑了一夜的笔，回到它的洞穴。阳光出来了，我却要去睡一会儿了，我去冲澡，我要把自己洗得干干净净才去睡觉，这是我的习惯。这让我想到了我的语文老师，想到了他的死亡。每个人，每一天的梦乡，又何尝不是奔赴天堂之约的预演？

窗台上，一些昆虫们已经奄奄一息，才发现秋的橱窗里，已摆满夏的遗体。

便禁不住一遍遍地这样问自己：静；然后是净；再然后，是境——可以让心灵美好的几个台阶，如今，我走到了哪里？

睡在风里的蒲公英

是的，就这样离开。小提琴上的火焰和大提琴上的海水仍在那里交相辉映，我却独自逃开了。我宁愿去一个空白处，去一个一贫如洗的地方。只要带上一捧土壤和几粒花籽，我就可以在那里点燃一个春天。

那些褪去的光芒又重新罩在我的身上，身上的河流停止了流淌。我眼睁睁地看着一首流行歌曲的熄灭。唯美主义的月亮被世人挂到空中，完成了一次命里注定的悲剧。事实就是如此，既然没有能力阻止月亮的圆缺，就甘心情愿地接受这个夜吧；既然无法把青春的苹果再送回自己的掌心，那就任它去滋润别人的青春吧。尽管压在心底的心事阴了很久很久，已蓄满了洗刷尘世的泪水，可我还是忍着，忍着，怕惊扰鸽子一般的我的女儿。孩子都害怕大人的眼泪，他们认定那是灾难。偏偏这时女儿醒来，与我对视。她说她在我的眼睛里看到了什么东西在滚动，我告诉她，是因为有爱，世人的眼里才攒满了珍珠。

无法斩断的忧伤曾经丝绸一样裹在我的身上，我翻遍身上的全部口袋，仍找不到火柴，我倾倒灵魂里的所有杯子，仍倒不出一滴酒来。外面的雨，是命运不经意间流露出的真情吗？在这个黑黑的夜，我要积攒足够多的梦想的萤虫，造出一个信念的灯笼，照亮灵魂里的漆黑之处和未知之旅。

春光烂漫的时候，依然没有人停下。一簇簇活生生的火焰就在尘世里舞蹈，可是一群苍白的魂灵不时向它靠拢。莫非这个世界真的病了，病得连活蹦乱跳的孩子都足不出户。一道道墙、一扇扇厚重的门，隔绝着人心之间静静流淌的河。

我不断地舍弃，是因为我不想让追梦的翅膀过于沉重；我不停地流浪，是因为每一寸土地都沾惹着我的泪水。我就像那随着风飘的蒲公英花籽，用数不清的梦想爱着一片片土地。

我一次次地滑进沼泽，阳光被搓成一根绳子，可以救我到快乐的岸边。我抖了抖阳光里的尘埃，便重新回到阳光中来了。生命依然那样美好，永远是一尘不染的早晨，永远是佳人有约的黄昏。

太阳是父亲，地球是母亲。父亲每天都尽量把最新鲜的血液输给我们，我们不懂感激，还制造了一大堆臭氧层让他忧心忡忡，我们是一群不省心的孩子，不知道母亲的身体里还有多少可供点燃的灯油，我们在一点点耗尽，任意挥霍着一种恩情。

我不断地离开，只想让自己不断地开始。一个人不能只在回忆里生存，那样的心灵会生满青苔。

我不停地飘，累了就睡在风里。我不停地走，用一个伤口抚平另一个伤口。疼痛中我走错了很多路，然后重新走，不停地走，忧伤像遍地丛生的杂草，直到今天也没有割完。

我听见一个声音说：随风去吧，风会把你带到阳光的中心。我便真的感觉到风了，并看见风中无数的蒲公英的花籽，它们在风中快乐地飘着，世界的每一处都是它们的家。我随着风跑，跑过一片草原，又跑过一片丛林，趟过一条河流，又爬过一座山岗。不停歇的风，牵动我不停歇的脚步，从日出到日落，从日落到日出。

一个最后的消息说：雪要落了。那么，就任它落吧。我已经在它落下之前微笑着躺下了，像那睡在风中的蒲公英，紧紧贴着会呼吸的土地，渐渐地，把自己忘却。

天堂的颜色

黑夜又来了，这时，耳朵是与这个世界的唯一联系。赛尔玛满足地闭上眼睛。事实上，她的眼睛在白天也几乎看不到什么，严重的近视使她更愿意待在黑夜——至少这时候她感觉到了平等。作为一位单身母亲、一位贫穷的捷克移民，赛尔玛已经充分见识了美国乡间的肮脏和残酷，加上累得要命的工厂劳动，她觉得灵魂就快出窍了，但生活还让她感到更糟：她的小儿子就要失明，如果她再拿不出医药费，这个孩子就被彻底丢到黑暗中去了。她太恨这个世界了，恨这个世界没有颜色。

声音便是黑暗的颜色。当赛尔玛第一次接触音乐的时候，她疯狂了，她觉得自己被带进无边的想象与幻觉里——红鸟、月光、紫瓣花、湿树林……在这个纯粹听觉的王国里，每个音符都在向她求爱，而平日里龌龊粗鄙的一切都在她面前俯首低眉，她成了绝对的主人。她把这个理想告诉了她的同事，他们都支持她以另一种方式站起来。从此，赛尔玛的歌舞成了工厂里的节目，大家的生活重新变得生机勃勃。可此时的赛尔玛的心灵又发生了变化，她厌恶人们迁就她而叫好，她要冒险接近音乐的真面目……

这是2000年戛纳电影节奉献的经典影片《黑暗中的舞者》，在这部影片中，我们找回了失去许久的惊讶、赞赏和感激。它让一个个心灵敷着手帕，又让一块块手帕不停地潮湿。是什么在其中神秘地拨弄着我们心上的弦？让它弹出一段光阴的路程，继而又弹出一个春天、整座花园和森林？

黑暗中的舞者，是苦难中的精灵，是坚强不息的蓝色火焰。我被她的翅膀驮着飞翔，我把蓝色的火焰栽种到心里。任何花香都止不住翅膀的道路，任何眼泪都熄不灭这燃烧的树。

充满了恨的世界也充满了爱，恨让这个世界失明，爱让这个世界苏醒。歌声穿过一段很长很长的黑暗的历程，抵达每个人的唇间，一个春天在眼前敞开：流星布满湖泊，花儿穿行在风中，鸟儿穿行在梦里，幸福的人用手接住水，用心接住阳光。

童年时，喜欢玩儿一种叫“摸瞎乎”的游戏：用头巾蒙住眼睛，去捉躲藏起来的伙伴们。那一刻，世间的一切都消失了，只剩下太阳的颜色，红彤彤的像涌动的血。为了不被绊倒，我大声地喊：“花盆在哪里？”伙伴们齐声喊道：“在你的左边。”

“石头在哪里？”

“在你的右边。”

我想，童年的游戏拿到今天来玩儿会是怎样的情景呢？我想我会大声地喊：“爱在哪里？”有人回答：“在你的左边。”

“幸福在哪里？”

“在你的右边。”

“天堂在哪里？”

“在你的心间。”

不知不觉之间，我成了诗人。睁开眼睛，我会看到整个世界；闭上一只眼睛，我会看到半个世界；可是蒙上双眼，我看到了天堂。

很巧的是，在2000年还有一部关于盲人世界的优美电影，那就是入围奥斯卡最佳外语片的伊朗电影《天堂的颜色》。

墨曼的眼睛虽然看不见五彩的世界，但却能巧妙地运用天赋能力感知周围的环境，体会各种景物的真善美。在《天堂的颜色》中扮演盲童墨曼的童星穆森·莱米齐尼是个真实的盲童，生长在黑暗之中。影片拍完后，他深有感触地说："在这部影片中演出，我觉得自己成长了不少，能够看到许多自己从未看过的东西，像森林、海洋、山、草原、花朵、溪流和好多其他的东西。现在我终于知道这个世界是什么样子了。"

看来，美好的心灵在这个世界上从来不会孤独，即使双眼无法看见，他们的心灵也永远不会盲目。爱是涂料，他们在用爱给这个世界涂抹着颜色——天堂的颜色。

玉米长高了，稻穗羞涩地垂着头，葵花又向太阳走近了一步。时光成为流水，爱成为阳光；欢乐成为音符，眼泪成为珍珠；黑暗成为光明，世界成为天堂。我们用双眼看到的世界和置身黑暗中的人们用心灵感受到的世界都有一个共同的触点：爱和希望。

用心去珍爱生命吧，用心去装扮我们的天堂。就像《黑暗中的舞者》的大幅宣传照上写的那样："相信我们，如果你放弃了与比耶克（赛尔玛的扮演者）相处的两个小时，你将遗憾万分。"

别让一根鱼刺扎疼你的岁月

一个朋友和我说起一件令人啼笑皆非的事情。他说他请一帮朋友吃饭，期间有一个人吃鱼被鱼刺卡到了嗓子，很严重，发了炎，去医院找医生才拔出来，然后又打了很多针，花了不少钱。令他万万没想到的是，这个人随后竟然把我的朋友告上法庭，说是因为吃了他请的饭，才被扎到了嗓子。

朋友自认倒霉，遇人不淑，交友不慎，乖乖赔了千八百块，也长了教训，以后交朋友可得擦亮眼睛，也不再轻易请人吃饭，钱包瘪了不说，还担着风险。

而那个索赔了钱财的人，这一圈人自然也不再理他，谁还会继续和这样一个心胸狭隘的人做朋友呢？

他索赔了千八百块，却失去了一大帮朋友，这份损失不知会不会令他痛悔。

仔细想来，这么一根微小的鱼刺，何来的大动肝火呢！

人与人的交往，最可贵的就是相互包容，谁能没有缺点，谁又能没有过失呢，宽容一点，岂不是皆大欢喜！

一个开养鸡场的同学，二十多年前是我们班的班长兼学习委员，学习成绩稳居第一，只有被追赶，从未被超越。我是在她后面追赶的人之一，为此遭受过她的不屑一顾：想超过我？也不看看自己的腿够不够长。那时候我是个小矮子，这么恶毒的话无异于在我的伤口上撒盐，我用匕首一样的眼神瞪着她，从那天起，她就成了我心底的仇人，彼此一句话都没再说过。

二十多年后的一天，她和一大帮同学来我家做客，临走的时候，从后备箱里取出两箱鸡蛋，其中一箱明显拆开过，说："准备给超市送的，太远了，不送了，你就拿回去吃吧，都是笨鸡蛋，好吃。"

我知道，她这本来就是给我拿的，又怕我多想，所以故意那么说。

我只是纳闷，另一箱怎么是半箱呢？

回家后，妻子要把鸡蛋放冰箱里，无意间查起数来，最后发现鸡蛋的个数是一百零一个。

我这些年写东西有了些名气，在同学中间传开，可是从来没有从她口中说出一些赞美的话，现在，她通过这一百零一个鸡蛋告诉我，我是百里挑一的优秀的人。

这算是她间接承认我超越了她，并向我道歉了吧。

这让她花了多大的心思啊！

其实，当初她那句话也像鱼刺一样，这么多年一直卡在我的喉咙里，想想就难受。现在好了，再回想那些，简直就像小孩过家家一样稀松平常。

你看，生活中因为琐碎的小事导致朋友失和，甚至夫妻反目的，比比皆是。这提醒了我们，生活中不见得有多少大阴谋，造成你杯盘狼藉的往往是不起眼的鸡毛蒜皮。这些芝麻粒儿大小的事儿，在人际交往中往往扮演着分崩离析的角色。

宽容和谅解是这一切的黏合剂。

所以，我们此刻积极地做着的任何一件事，都好过在往事的泥潭里挣扎。例如，对面前已成定局的一盘棋的纠结；例如，上一颗掉落的牙齿，丢在哪里？例如，因为一根鱼刺，卡了嗓子，你连带着记恨起请你吃饭的人，记恨了那顿饭，记恨了那个饭店，甚至还记恨了那个给你取出鱼刺的医生，因为他自始至终绷着一张脸，仿佛你欠着他很大一笔债似的。

如此，这一根鱼刺，扎的便不仅仅是你的喉咙，它还扎疼了你的岁月。

向世界表达善意

向一朵花表达你的善意，只需你闭上眼睛，像蜜蜂和蝴蝶，对着它嗅来嗅去，满脸陶醉；向一只鸟表达善意，只需你在冬天的雪地上，轻轻扫出一块空地，洒几粒粮食。

向一匹马表达善意，只需你放下鞭子，任由它自由自在，在风中奔跑；向一只狗表达善意，只需你看出它的寒冷，为它垫上温暖的棉絮。

向春天表达善意，只需你写下一首诗，或感恩，或赞叹的一首诗，是你为春天献上的玫瑰；向秋天表达善意，只需你怀念一棵树，曾经枝繁叶茂、栖满鸟声的树，像你秋天里的某些亲人。

向黑夜表达善意，只需你放掉刚刚捉到的萤火虫；向黎明表达善意，只需你早早起床，去看看太阳的分娩。

向一本书表达善意，只需你洗净双手；向一朵云表达善意，只需你擦亮眼睛。

向眼睛表达善意，只需你学会凝视；向耳朵表达善意，只需你学会倾听。

向蓝天表达善意，只需你少投放一些浓烟；向大海表达善意，只需你少扔一块垃圾。

向音乐表达善意，只需你不要大声喧哗；向影子表达善意，只需你不要躲避阳光。

向同一个车厢的人表达善意，只需你掐灭手中的香烟；向同一个病房的人表达善意，只需你忍住疼痛，掩盖你的呻吟。

向一个用生命演绎生命的演员表达善意，只需你的一滴眼泪；向一个跑龙套的小丑表达你的善意，只需你一个真诚的微笑。

向孩子表达善意，只需给他们一个可以踢球和放风筝的地方；向老人表达善意，只需你递过去一根拐杖。

向农民表达善意，只需你拣起掉落在桌子上的饭粒；向工人表达善意，只需你拾起那些遗落在路上的螺丝钉。

向老师表达善意，不需你送他礼物，只需你用心去计算，大声去朗读；向医生表达善意，不需你送他红包，只需你重新健康地、自由自在地呼吸。

向交警表达善意，只需你关心红绿灯和斑马线；向爱车表达善意，只需你不要超速和违章。

向月亮表达善意，只需你抬头仰望；向故乡表达善意，只需你低头思念。

向一支笔表达善意，只需你写出规规矩矩的字；向一面镜子表达善意，只需你做一个正大光明的人。

向世界表达善意，只需你坚持到底，把爱心的火把一直传递下去。

丢失的小巷

狭长狭长的小巷是城市的咽喉，咽不下大悲大喜，吐不出豪言壮语。只有锅碗瓢盆碰撞到一块儿，交织出普通人的命运交响曲。

狭长狭长的小巷是城市的脉管，里面蠕动着质朴本真的生命。有宁静浸你肌肤，有祥和润你肺腑，阳光在巷子里穿梭，像一条晶莹的小溪，涌在我们的面颊和脊背上，试图与我们的血液汇拢。

巷子里的人，多是穷人。为了省一毛钱和小贩们斗智斗勇婆婆妈妈，为了那点微薄而又经常迟到的工资把自行车累得腰肌劳损哼哼唧唧。

巷子里的人，多是俗人。他们不懂小资情调，不懂波希米亚，不懂小资女人们为什么要花那么大价钱买化妆品，在他们眼里，那个价钱是半年工资、一百斤猪肉。

明天，这个热闹的小巷就要消失了，取而代之的是高耸的楼房。巷子里的人们都将住进一个个精美的鸽笼，彻底断绝与这巷子的血缘关系。巷子，这贯彻整个城市的浅浅的河流，就这样中断了。我们再不用担心骑着单车下零点班时路过这黑漆漆的“隧道”，再不用担心在黑暗的掩护下，滋生出罪恶的念头。但是巷子没了，我们总觉得缺了些什么，像嵌入我们生命中的某种东西忽然丢失了一样，让人多少生出些莫明的惆怅来。

巷子没了，邮递员绿色的影子莫名其妙地也跟着失踪了。今天，我们是否还有信在路上？城市在变迁，变得日新月异，变得五彩缤纷。楼房公共汽车大排档以及音像店，那是从前的城市，今天的城市有更新鲜的东西——网吧迪厅健身房、按摩桑拿泡脚屋。只有我没有改变，依然如暗哑的蓝天那般忧伤，透明的水晶石般冷冷地搁浅在城市的橱窗里。任外面下着雨还是飘着雪花，任外面的人是衣衫褴褛还是披着婚纱，当忧伤把漫天的雪花都变成信笺的时候，一切欲望、虚荣和疼痛便都在我的手心里融化了。

巷子没了，撑着油纸伞，丁香一样忧郁的姑娘不见了，拎着灯笼满巷子疯跑的孩子也没了。那些在风中“咿呀”作响的厚重的木门没了，一家人兴高采烈手忙脚乱地贴春联的场面便没了，跟在一长串鞭炮后面炸出来的欢叫声也没了。董桥说，这是个没有童谣的年代。我真想找个罐头瓶子，在里面点上半截蜡烛，拎着这个再普通不过的灯笼在巷子里重新奔跑一回。

怀念巷子，是因为它流淌着真实的风。阳光是真实的，笑脸是真实的，柴米油盐嬉笑怒骂都是真实的，这里的一切因真实而可爱，他们热爱生活，比太阳起得早，在城市的海面不停地翻卷着激情的浪花。

怀念巷子，还有一个原因来自于对楼房的恐惧。在那些高高的办公楼里，我仿佛变成了另外一个人——戴着面具的人，精心策划着一幕幕闹剧。防盗门越来越厚，防了贼也隔绝了人心，人们守着各自的鸽笼，拒绝交流也囚禁了自己。

巷子没了，记载着我的出生、童年以及恋爱和婚姻的一本手册就要被撕毁，我却无力阻止。这是城市发展的必然，它厌弃古老陈旧的东西。

巷子没了，城市拥挤不堪，人心却空阔了。

在与巷子相依相偎的最后一夜，从街头到巷尾，再从巷尾到街头，我不停地走动。没有人看见我溅洒在风中的泪水。甚至，我是偷偷摸摸出来踱步的，深更半夜像做贼一样，怕别人看见。我做错事了吗？我只是在用自己的方式怀念，怀念这里曾经发生过的一切，包括爱，包括憎恨。

我想把儿子叫醒，给他做一个灯笼，让他陪我最后一次把巷子的血管疏通，又怕被家人讥笑为神经质。儿子的玩具太多了，变形金刚、蜡笔小新、花样翻新层出不穷的游戏卡，他是不会懂得那个普通的灯笼对于我的意义的。

我只有一个人不停地走动。月亮躲到远房亲戚那里，不肯给我一支烟。我想，明天的黎明对于一个怀旧者来说是黑夜，但是它必然来临，无可阻挡。

雪是春天的邮戳

刚开始的时候，雪花是猫着腰、蹑手蹑脚着来的，似乎要给你某种惊喜。待你敞开了门扉和胸怀欢迎她的时候，她已经开始不拘小节，大摇大摆起来了。这正是她可爱的地方，多大的雪都不会恼了我。不管什么时候，在我眼里，飘舞的雪花都是数之不尽的好消息。我相信她是春天的邮戳，她贴着我的额头，附着我的耳畔，与我耳鬓厮磨，转瞬间便融化了。雪花匆匆地来去，只为提醒我，春天的幕布已经拉开，准备好你的节目了吗？

我淹没在那些幸福的白色花瓣里，不想靠岸。不得不承认，雪是我生命中的“精灵”，作为一个美丽的意象不止一次出现在我的文章里。我如此深地爱着它们，如信仰一般，我的虔诚，神圣至极。世界太大，我只要守着一片小小角落，捧着小小的六个瓣的雪花，便来到心灵的天堂了。

相反，有一个不到二十岁的孩子，对雪却是厌恶至极。他是我常去的一个小饭馆里的小服务生，每次下了雪，都听见他向天空咒骂着，那些恶毒的语言与他清俊的脸孔极不协调。在他看来，那漫天飞舞的不是雪花，而是令人生厌的苍蝇和蚊虫。

我堆在门口的雪人也常常遭到他的蹂躏，这些都是他少有的反常行为。

因为平时在他的脸上总是看不到任何表情——不会热泪盈眶，不懂笑靥如花，一副很标准的扑克脸。人们从不解、好奇、厌倦，到最后认定他根本就缺少基本感情。孤僻又冷漠的孩子啊，人们看他的眼神开始变得嫌恶。

冰心曾经借她文章中的人物的口说出这样的话：世界是虚空的，人生是无意识的。人和人，和宇宙，和万物的聚合，都不过如同演剧一般，上了台是父子母女，亲密得了不得；下了台，摘了假面具，便各自散了。哭一场也是这么一回事，笑一场也是这么一回事，与其互相牵连，不如互相遗弃；而且尼采说得好，爱和怜悯都是恶。

有人问他那活着还有什么意思，死了，灭了，岂不更好，何必穿衣吃饭？

他说，这样，岂不又把生命太看重了？不如行云流水似的，随它去就完了。

这个人未免太消极些。当然，这并不是冰心本人的世界观，但她描写的这个人的这种心境与这个小服务生此时此刻的心境竟完全一样，他们的冷漠在遥远的时空里不谋而合。

直到那场大醉之后，我才窥探了他心底的苦痛。那天是元旦，天空飘着零星的雪花，有些出奇的冷，人们都煨在家里，用亲情烤着火，饭馆里除了我，没有其他客人。我喜欢在下雪天里喝点酒，但一个人有些无趣，便示意让他来陪陪我。在老板的允许下，他喝了酒，不胜酒力的他喝了二两小烧便将心底的哀伤吐露无遗。我第一次看见他哭了，他的眼泪让我确信他身体里的血依然是热的。他说他从小就没了父母，一直和奶奶相依为命，奶奶上了年纪，却还要到处收破烂供他读书。这样的书他读不下去，他自作主张，卖掉了他的课本做路费，来城里打工。当他买了很多好吃的和很多新衣服回去的时候，发现奶奶正守望在门口，已经变成了僵硬的雪人！有人说，少年的情怀是最真的情怀，是的，我看到和听到过无数煽情的场面，但他的故事却是那样令人心痛。他的哭泣久久盘旋在我的耳边：“奶奶说她不要好吃的，不要好穿的，只要我陪在她身边。奶奶无时无刻不在等我回来，可是，她没有等到。”

都是这该死的冬天、该死的雪，带走了奶奶。他指着那些贴着窗棂的大朵大朵的雪花，不停地诅咒着。

这就是他怨恨雪的原因。可是，他多么深地冤枉了雪花啊。他的咒骂，让我心疼。

真正让奶奶冷的，是你不在她的身边。换种角度讲，奶奶走的时候，披了厚厚的雪，是不是也会很温暖呢？奶奶不在了，所以你更要勇敢地活下去。他喝了大大的一口酒，使劲地向我点着头，泪光闪闪。

雪没有罪，有罪的是命运。我竭力在为雪花洗清冤屈。

我和他走出屋子，站在雪地上，像一张白纸上的两个标点符号。他从没有像今天这样对雪花充满敬意和怜惜之心，他伸出了双手，张开了怀抱。我们想堆个雪人，可是积雪太薄，想到雪地上打个滚儿，又怕雪花们委屈，只好就那样在雪里呆呆地立着，任雪花落在脸上，融进心里，轻声叨念着一些随着雪花在飘的，亲人的名字。

我让他去亲近雪花，只想让他相信，每一个六角型的花瓣，都是春天的邮戳，告诉我们：再深重的苦难，也不能压垮春天。

世界的表情是丰富的，有时冷峻，有时温和；有时调皮，有时哀伤；有时黑白相间，有时姹紫嫣红……人呢？不能总是待在冬天里，只戴一顶叫作冷漠的帽子。

孩子，扔掉你的帽子，再挺挺吧。

经得起回味的暖

老人的一生，应该说是凄凉的，如同他那瘦削的背影，缺脂少肉，找不到一点幸福快乐的痕迹。就连他房檐上的月亮，似乎也总是弯弯的窄窄的，不曾为他圆满一次。

他从三十岁开始，就在不停地失去亲人，先是父母，后是妻子，最后连他唯一的孩子也没能幸免。厄运一生与他结怨，纠缠不清，苦难的闪电一次次试图摧毁他，他却始终没有被击倒，那是一颗怎样坚强的心！

作为他二十多年的邻居，我感受着他那些无人能及的伤痛，不知道该如何安慰那样一个老人，每次都是欲言又止，怕会勾起他悲伤的记忆。可是老人所表现出来的平静，出乎我的意料。每次，他都会主动和我提起那些美好的过往，说到开心处，不忘爽朗地笑，仿佛那一切根本没有失去，没有走远，在他的心上活蹦乱跳着呢。

他说："命中注定，我和他们相聚的时间很短，但我珍惜了，我仔细认真地过每一个和他们在一起的日子。现在，只剩下我一个人，但我并不孤独。"

"你看，他们都还在。"他抚摸着那些照片，喃喃地说，"只是蒙了灰尘而已。"

他的回忆里有很多温暖的场景：小时候和父亲下棋的时候，父亲总会趁他不注意，偷偷拿掉自己的两个棋子，然后美滋滋地看着他手舞足蹈地庆祝胜利；母亲在他哭闹的时候，总会不厌其烦地给他讲那个讲了不下几十遍的地主老太婆偷饺子的故事；妻子每个黄昏都会和他牵着手散步；懂事的孩子，八岁的时候就为他做了一顿像模像样的早餐……

父母在的时候，他可以撒娇；妻子在的时候，他可以倾诉；孩子在的时候，他可以遐思……这一切都不在的时候，他就去回忆里找火柴。他将生命中那些最灿烂的景象定格在那里，定格成永不熄灭的炉火，暖着他冷凉的余生。

夏日里，一场雨连绵不绝，顿时冷了人的身心。急急地寻找外套加在身上，那些早已被收拾进衣柜里的“过去”，在这时，就蒙生出了许多陈旧的温暖和可亲……

此时此刻，我亦和这个老人一样，靠在回忆的壁炉旁取暖。回忆总是带着某种温柔的朦胧黄，就好像一卷很久未曾打开的羊皮卷，拍一拍甚至会有灰尘，却丝毫不影响那种熟悉的好感。这种好感无法用其他色彩表达，因为用昏黄就会嫌太黯淡，用金黄却又太张扬，影影绰绰的暖，一看就知道是来自回忆。

我喜欢在某个黄昏，到他的小屋里和他推杯换盏。我们成了无话不谈的忘年交。我被他感染着，由对生命的敬畏过渡到对生命的享受。老人并不绝望，从没有对暮年的悲叹，更没有对人生的失望。那些暖暖的往事，绝对不是为了衬托今日的孤苦伶仃，而应当是一个老人拾回生活的意义的过程。人有时总会困扰于“生活的意义是什么”这个问题，个人的生命短暂而渺小，尤其是当我们将出生就看作死亡的倒计时。我们好像希腊故事里被酒神的仆人西勒诺斯嘲笑的米达斯王，忽然觉得人生意义全无。可是并非如此，这个老人帮我们拾回了生命的意义。人生还是有许多美丽的东西，不在开头，不在结尾，却在这两者中间，而我们就是为了去经历这些才存在的，哪怕经历的都是悲剧。

人无法阻止那些突如其来的厄运，有的人会陪你一生，有的人却早早离开，刚刚牵了手便要撒手告别。平安是最大的福气，所以人们每个夜里都要和自己的亲人朋友们互道晚安。

多少人离你而去并不重要，重要的是你为你的回忆添了多少柴火，那些暖，是否经得起时间的回味。

老人并不孤苦伶仃，因为他有回忆。美好而温暖的回忆，像灿烂的黄昏，停止在那里，永远不会滑到暗夜。

更多的时候，老人喜欢自斟自饮。

“叮！”

我看见老人用自己的杯子，轻轻地碰了碰另一个杯子，微笑着，微微地醉着。他的人生是冷凉的，但他的心，始终暖着。

因为他有那么多经得起回味的过去。那一刻，我猜，他的满足更胜往昔。

第七辑

请为
蒲公英祝福

回忆是一个很奇怪的筛子，它留下的总是自己的好和别人的坏，所以免不了心浮气躁，以至于总想从镜子里看到自己十年后的模样。现在，十年后的自己又开始怀想十年前的模样了，因为在鬓角，看见了零星的雪。

请为蒲公英祝福

蒲公英探出头，睁开沉睡了一冬的眼睛，打着哈欠，向它的新邻居——在春天里梳洗打扮的花草们问好。

“你是从哪里来的？”新邻居们对这个忽然在它们身边冒出来的愣头愣脑的小家伙儿充满了好奇。

“我不记得了，我只知道，这是我的第五个家。”蒲公英说。

“唉，看这个可怜的流浪的孩子。”那些花儿们叹息着，替它难过。

“不知道哪里才是它最终的家。”那些草儿们皱着眉，替它犯愁。

“那该死的风，到底要把它带到哪里啊？”那些树们愤愤不平，无奈又无法为蒲公英拔刀相助。

蒲公英不明白它们为什么会觉得自己可怜，自己的胸膛里明明揣着一颗砰砰跳动的快乐的心啊。

不管落到哪里，它都会在那里开出一朵黄艳艳的花来，忘了风是怎样把它摔疼的，忘了雨是怎样把它淋个透心凉的，它只管向着太阳，张开它的笑脸。

它轻轻地哼着歌儿，快乐地拾掇着自己的新家。给自己装一扇窗户，可以欣赏风景；给自己围个篱笆，可以圈住幸福；给自己拧一盏灯，可以点亮记忆……

终于，花儿忍不住问它：“难道你不觉得自己可怜吗？”

“不，恰恰相反，我觉得自己很幸福，因为我看到了很多你们没有看过的风景。”

终于，草儿忍不住问它："难道，就没有一块让你眷恋的土地吗？"

"有的，正因为我眷恋着这片土地，所以我要用我的漂泊，去亲吻它们。"

终于，树们忍不住问它："难道，你就不恨那些风吗？"

"不，我要感谢风。它给了我一双翅膀，有了风，我才成了唯一可以飞翔的植物。"

这些邻居们觉得蒲公英简直不可理喻，在它的脸上怎么就看不到一点悲苦呢？它们很失望。正如人，习惯于对落难之人的促狭，并且满足于一声声的哄笑。道尽他人的辛酸，实不干自己的痛痒。

这个世界，属于它的很少，所以，风把它吹到哪里，它就在哪里安营扎寨，就把哪里当成自己的家。这就是蒲公英的快乐。它懂得顺其自然，从不苛求。

懂得享受孤独，学会分享快乐，这是蒲公英的真理。

深秋的时候，蒲公英又要踏上新的征程，它对它的邻居们说："不要为我难过，请为我祝福。在春天祝福我重获新生；在深秋祝福我喜迁新居；在冬天祝福我，临睡前能吻到，覆盖我的那枚雪花！"

西西里岛上的牢笼

1945年的夏天，正在自家果园里散步的男爵发现一个偷水果的男孩，立即追打。争执中男孩的头撞到石块，当场气绝身亡。更不幸的是，这男孩原来是当地黑手党头目的儿子。

男爵大祸临头，逃避是不可能的，他清楚地知道自己就算能够藏到老鼠洞里，黑手党的人也可以把他挖出来。恐惧像密不透风的墙，横亘在他的眼前，灿烂的阳光，照不到他黑云密布的心里，他忧心忡忡地等待着他们对他的审判。

黑手党头目来的时候，他感受到了世界末日的恐慌。然而令人意想不到的是，他们竟然同意男爵免于一死，但是提出要剥夺他十年的人身自由。男爵喜出望外，要知道，从这些杀人不眨眼的黑帮手里拣条命回来，已是天大的奇迹了，别说十年，就是一辈子没了自由也心甘，毕竟自己还可以继续活着。

他们允许他自己选择一个监禁的地方，要等到十年后，才能重新获得自由。

他的财产，他们分毫未动。于是男爵为自己选择了意大利西西里岛上最豪华的棕榈大酒店，并拿出一部分财产将套房改装成世界上最舒适的监狱。他每个月在宽敞的客厅里开两次舞会，邀请作家、演员、政治家、艺术家和电影导演为座上客。他不能走出门去看整个世界，索性就把世界叫到面前来看。虽然每天都有黑手党的耳目监视他，但他生活得很滋润，奢华而安逸。

他的“party”（宴会）被人津津乐道，人们都知道，西西里岛上有个最舒适的监狱。他想那个黑手党的头目一定后悔他做出的这个决定，因为在这里，他没有感到一丝痛苦，相反却体验到了人生中从来不曾有过的快乐。虽然这个监狱像个牢笼，但他却乐在其中，他已失去对外界的兴趣，他甚至想不到还有什么比待在这个牢笼里更惬意和舒心的事情了，他可以什么都不去想，只顾吃喝玩乐。那些监视他的打手们更是疑惑不解，想不明白这到底是对他的惩罚还是对他的奖赏。

十年来，世界变幻莫测，发生了很多变化，只有他的生活一成不变，在一方小小世界里再三重复着他永不厌倦的觥筹交错、衣香鬓影的生活。

十年期限已到，他用最后的财产举办了最后一次盛大的“party”，庆祝自己重新获得自由。这一次，黑手党头目也是被邀请的对象之一。他亲眼目睹着男爵奢华的生活，露出一丝不易觉察的诡秘的笑。

男爵重新获得了自由，但他的财产也早已被他挥霍殆尽，他想重新开始他的生活，但是他发现，他早已失去了生存的能力。西西里岛上的牢笼，已将他腐化成不会奔跑的行尸走肉。十年奢华安逸的生活，已将他变成了一个寄生虫，使他慢慢失去了最后两颗牙齿，再也无法咬住和咀嚼生活。

还有什么，比让一个寄生虫失去可依赖的东西更痛苦的事情呢？原来，他的惩罚才刚刚开始，西西里岛上的十年时间，都是为了这个惩罚做的铺垫。

他的生命所剩余的时日，才是他真正的监狱生活的开始。

向美行礼

诗人雁翼在叙述他的心灵第一次受到美的震动的时候，讲了他的一次亲身经历：

在一座很大的寺庙里，在一次激烈的战斗中，一种从来没有过的感情和思想震惊了他！围攻他们的敌人被打退了，但寺庙却被敌人的炮火炸毁了，古老的柏树、精巧的佛塔、美丽的佛像多被炸毁，更令人心痛的是一个年轻和尚的惨死。那是一个又巧又能的人，庙里的壁画多是他的手笔，美丽的、神态各异的佛像也是他塑造的，但他被敌人的炮弹炸死了，一双灵巧的手被炸断了。

许多和尚跪在他面前，合手合目念着经。那声调是悲戚的，悲戚中又有一种说不明白的力冲击着人的心。

雁翼说，那个和尚本可以躲过那些炮弹的，但他舍不得离开他的那些塑像，他用自己单薄的身躯护卫着它们。他说它们是有灵魂的，不能让它们孤零零地被炸掉了。

当时的雁翼也想跪下来，和尚一样念出他心里的声音。那声音到底是什么？他心里乱糟糟的，一时弄不明白。但突然有一个愿望在他心头涌现："等赶走了日本鬼子，我也要出家当和尚，学他，把炸毁的佛像重新塑起来。"

雁翼过后被他自己的念头震呆了：怎么一个八路军战士想当和尚？

夜里在焚烧那个和尚尸体的时候，雁翼的心灵又一次受到了震颤：所有的八路军战士竟然在没有任何命令的情况下，齐刷刷地站成一排，把右手举起，对准了他们的太阳穴——那是战士的军礼！

每个人都有各自的信仰，那个和尚的信仰是他心中的佛，八路军战士的信仰是共产党，两种怀揣着截然不同的信仰的人却在同一个时间同一个地点做了同一件事：向美行礼！

雁翼在他生命的后来选择了诗，就是从那次震动开始的。他虽然没做和尚却做了诗人，但诗人的天职就是塑造美、修建和恢复被毁坏的美，从这个意义上讲，雁翼了却了当初的心愿。

在这个世界上，诗人在用他们的诗句向美行礼，摄影家在用他们的镜头向美行礼，音乐家在用他们的音符向美行礼……而我们呢？

我们往往对美视而不见，常常和美擦身而过。

大自然的一片云、一朵花，人类心灵上的善意和爱心，都是美的，一个浅浅的笑容是美，一个淡淡的问候是美，浓墨重彩是美，素面朝天也是美，只是这些美常常被日常生活的尘土遮掩住，就看你是否生就了一双探寻美的眼睛。

这个世界需要美景，更需要美德，只有二者合二为一时，人间才是天堂。

做一朵花的知己

我有一个邻居，养了很多盆花。每天早上，他都会一边浇花一边哼着韵味十足的京剧，乐此不疲。有一天我问："你总是美滋滋的，天天有喜事吗？"他笑着说："你看看，这花儿又美又欢喜，让我每天都生活在春天里，能不乐吗？"

心底微微感动了一下。

记得在俄罗斯留学的时候，有一次过情人节，我从一个老妇人那里买了一束玫瑰送给我的情人叶。但因为我们之间的裂痕无法弥补，叶当着我的面扔掉了那束花。没想到老妇人竟然从后面撵上来，把钱退给了我，马上从地上捡起那束被遗弃的花。

她轻轻摩挲着玫瑰花瓣，掸掉花上的每一粒灰尘，无比怜惜地说："我给每一束花都许过愿的，都有真心的祝福啊！你们怎么就扔了呢？你们不配做这束花的主人。"

我和叶面面相觑，我们不仅伤害了一束花，而且伤害了一个护花使者。

还有一幕场景，我曾在不同场合一再提及，以至于朋友们都认定其中的少年就是我本人。

那天阳光灿烂，人潮涌动，车流不息，大街的中央，躺着一捧鲜红的玫瑰。一个少年焦急地要去将它拾捡起来，但是车来车往，他无法前行。终于等到机会，他抢步过去，玫瑰已被轧碎。少年一点一点拾捡着满地的花骸，慢慢捧起那些受伤的花瓣，久久地握在手心，竟然当街而哭。

直到现在，我仍然时常为这个场景怦然心跳。

由此，我完全理解了黛玉葬花时的凄切，也理解了“护花使者”这个名词的美好。

英国文学家王尔德有一天走进一家花店，要求把橱窗里的花取出一部分。店里的人照着他的要求去做，并问他要买多少。王尔德说：“我不想买花，我只是看它们太拥挤了，怕它们被挤坏，想让它们轻松一下。”

一日黄昏，我看见邻家二嫂扛着锄头，手里拎着一袋菜籽，向园子里的那几棵月季花逼近。我想月季花定是要大难临头了，情急之下，我大声喊道：“铲掉月季花要破财的，你知道吗？养花会带来好家运的。”看着我认真严肃的样子，二嫂竟信以为真了，那几棵月季花就此逃过了一劫。

当我在窗口望着那些花时，总能感觉到它们对我点头含笑。

懂得花的悲欢，体恤花的疼痛，这是花的知己，也让自己的心灵摇曳如花。

做一朵花的知己，就是住进心灵的春天里。

向美好的旧日时光道歉

美好的旧日时光，渐行渐远。在我的稿纸上，它们是代表怅惘的省略的句点；在我的书架上，它们是那本装帧精美，却蒙了尘灰的诗集；在我的抽屉里，它们是那张每个人都在微笑的合影；在我的梦里，它们是我朦胧中喊出的一个个名字；在我的口袋里，它们是一句句最贴心的劝语忠言……

现在，我坐在深秋的藤椅里，它们就是纷纷坠落的叶子。我尽可能地去接住那些叶子，不想让时光把它们摔疼了。

这是我向它们道歉的唯一方式。

向纷纷远去的友人们道歉，我已经不知道一封信应该怎样开头，怎样结尾，更不知道，字里行间，应该迈着怎样的步子。

向得而复失的一颗颗心道歉。我没有珍惜你们，唯有企盼上天眷顾我，让那一颗颗真诚的心失而复得。

向那些正在远去的老手艺道歉，我没能看过一场真正的皮影戏，没能找一个老木匠做一个碗柜，没能找一个老裁缝做一件袍子，没能找一个“剃头担子”剃一次头……向美好的旧日时光道歉，因为我甚至没有时间怀念，连梦都被挤占了。

我们走得太快，与生命中的一些美丽景致擦肩而过。正如电影《大城小事》里面的一句台词：“我们太快地相识，太快地接吻，太快地发生关系，然后又太快地厌倦对方。”看来，都是快惹的祸！在这点上，老祖宗都比我们有智慧，他们说：“心急吃不了热豆腐。”

旧日时光，尽管琐碎，却那般美好。

“琐碎”这样一个词仿佛让我看到这样一个老人，在异国他乡某个城市的下午，凝视着广场上淡然行走的白鸽，前生往事的一点一滴慢慢涌上心来：委屈、甜蜜、辛酸、光荣……所有的所有在眼前就是一些琐碎的忧郁，却又透着香气。

其实生活中有很多让人愉悦的东西，它们就是那些散落在角落里的不起眼的碎片，那些暗香，需要唤醒，需要传递。

就像两个人的幸福，可以很小，小到只是静静地坐在一起感受对方的气息，小到跟在他的身后踩着他的脚印一步步走下去，小到用她准备画图的硬币去猜正反面，小到一起坐在路边猜下一个走这条路的会是男的还是女的……幸福的滋味，就像做饭一样，有咸，有甜，有苦，有辣，口味多多，只有自己体味得到。

但人性中也往往有这样的弱点：回忆是一个很奇怪的筛子，它留下的总是自己的好和别人的坏。所以免不了心浮气躁，以至于总想从镜子里看到自己十年后的模样。现在，十年后的自己又开始怀想十年前的模样了，因为在鬓角，看见了零星的雪。

轻狂年少，恣意挥霍着彼此的情感，在无数个夜里，我为曾经的伤害而忏悔。经历了千山万水和种种磨难之后才知道，爱人才是最后一盏照耀我的灯，这最后一盏让我复活的灯，微弱却坚强地亮着，让整个夜晚，让我的内心，无比明亮，时时刻刻为我的灵魂指引方向。所以我留着那些忏悔的眼泪，用来换取明天通往幸福港湾的船票。

向美好的旧日时光道歉，因为我的不慎重，将你们失手打碎，从此我的心，变成无底的杯子。

向美好的旧日时光道歉，因为我的不珍惜，将你们丢在脑后，友情的树，爱情的花，一个孤零，一个凋落。

友人，如果你们听到了这些啰啰嗦嗦的话，请告诉我：这个周末的火炉旁，暖意融融，能饮一杯无？

爱人，如果你读到了这些絮絮叨叨的文字，请告诉我：停在你门前的那三匹马的车子，还能否，载得回你的深情？

在冬天里养几只鸽子取暖

鸽子停在一个没有爱情的城市，我一直这样认为。

而且固执的心，始终认定那些鸽子是假的，因为这个城市很不真实，它的上空常常镶嵌着风筝，那些虚情假意的鸟让这个城市看上去更像是一幅虚张声势的拼图。

满世界都是遗憾，我感到秋天就这么过去，只留下哀愁。

我在郊区租了一间简陋的平房，我要试着在这里开始一段新的人生。我两手空空，我背井离乡来到这里，除了思念，没有别的行李。

这时候，念起相亲相爱的从前，一遍一遍地，像数着眼泪。在僵硬的城市里面，那些眼泪，力不从心。

来这里，只是想让自己静下心来，来解答那样一道难题：你最挚爱的人爱上了你最贴心的朋友，你该如何选择？

每天，我把自己关在屋子里，与世隔绝，隔着窗子，听到外面有鸽子“咕咕”的叫声。它们在对面的房顶，上下翻飞，嬉笑怒骂。它们给我死水一般的生活注入了一丝活力，欣赏它们便成了我乐此不疲的爱好。

几个顽劣的孩童，不时地拿石子打那些鸽子，但不管怎样打，它们依然坚守在那个房檐上，似乎与那里的主人结下了难解之缘。

后来知道，那里住着的，是一个孤单单的靠捡拾破烂为生的老人。

邻居们都说他有点傻，养鸽子不为了卖钱，每天还要从自己的口粮里拿出一部分来喂它们。我不禁有些好奇，他养鸽子到底是为了什么？

老人的话让我的心灵为之一振。老人说，冬天太冷，有这几只鸽子在房檐上扑闪，感觉就暖和些。

养几只鸽子，是为了在冬天取暖。就这么简单。

老人说，三年前的冬天，有只鸽子跌落到他的院子里，在地上扑棱棱地挣扎。他想它肯定是吃了附近粮库里那些撒了老鼠药的粮食。老人就把它抱回屋子里，不停地给它灌水，竟然奇迹般地救了它一条命。从此，这个鸽子就喜欢蹲在老人家的房檐上，偶尔在房子周围飞上几圈，“咕咕”地啄开房子四周似乎凝固了的冷空气。

不长时间，这只威猛的雄性鸽子便引来了一只同样雪白的雌鸽，它们的爱情使老人的屋檐空前热闹了起来。不久，就有小鸽子诞生，一茬一茬的鸽子，给老人的生活带来慰安。

眼前的那些鸽子多么美好，仿佛一盆一盆白亮亮的炭火，烘烤着这个冬天，让这个陌生的城市，暖意融融。

我不再相信这是一个没有爱情的城市，因为低低的天空有鸽子在飞，它们让城市柔软，它们把天空变得很低。

鸽子是雪做的，反而温暖。

有一天，当满街的车辆停下来，让一只受了惊吓的小狗先过马路时，没有人鸣笛，没有人催促，所有人都将头伸出窗外，用充满爱意的眼神护送着那只小狗安全跑过斑马线。那一刻，我抬起头，感觉自己吃下了一片暖融融的阳光，快乐地打着嗝儿。

孤苦无依的老人和那群鸽子，是那个城市、那个冬天带给我的，最温暖的记忆。

我也矢志不渝地相信，那群鸽子真的可以让冬天暖和起来。

因为那些鸽子，我决定在这个城市留下来，因为我知道，我和我的慈悲来到的地方，会成为我新的故乡。

我想我也找到了那道难题的答案：在挚爱的人那里，选择放手；在贴心的朋友那里，选择成全。

让过往的一切都烟消云散吧。我为他们祝福，让所有的怨恨和欢笑，都在我的记忆里和好。

做出这个决定之后，我的心轻松了很多。我以感恩的心向那些可爱的鸽子们致敬，那一小盆一小盆白亮亮的炭火，烘烤着我怎样温暖的心啊！

门前的柳树下，我听到一个大胆的男孩动情地对一个女孩表白着爱意："看到那个房檐上雪白的鸽子了吗？那就是我，对你纯洁的爱。"

女孩羞红了脸，那小小的欢喜里面藏着小小的恐惧，"只是，它们会不会像雪，或者一块糖那样，在阳光下慢慢融化、瞬间消失？"

"不会。"男孩坚定地说。继而，我听到了有生以来从来没有听过的最美妙而又充满诗意的誓言：

"即使它们是雪，也是活着的雪，一年四季，永远不会融化。"

下午四点的阳光

北方的冬天，每一天都很脆很短，像掐头去尾的芹菜，在闪亮的瓷盘里晶莹欲滴，尽展妖娆。

下午四点的阳光，依然很刺眼，很多事物被镀上金辉，多了些思索的味道。

必须交代的背景是：北方的，冬天的，下午四点的阳光。三个定语如同三顶帽子，扣在太阳的头上，却依然无法掩盖那灿烂的光华。

下午四点的阳光，像一个巨人被捆缚了手脚，他使出浑身解数，他憋红了脸，在天边挣扎。

他在妄图挣脱某种命运吗？

他无法阻止黄昏的来临。下午四点的阳光，在向我呼救。不，是向每一个凝视它的人呼救。

在北方的冬天，下午四点便是黄昏，是一天的天涯。

在这个天涯，我哀伤遍地。我既怜悯庸人的浑浑噩噩，老守田园，又慨叹雅者的曲高和寡，知音难寻。

生意上的失败、情感上的挫折，使我在这个冬天感到格外寒冷，灵魂里冒着丝丝凉气。我总想伸出手去，想抓到某些温暖的事物，烤烤手、暖暖心。于是，我看到他们了——冬天里最灿烂的颜色，一簇最旺盛的火，那些扭着秧歌的花枝招展的老人们。

他们舞蹈着，把寒冷甩开，那些热爱生命的老人，让我在这个冬天格外温暖。每天，我都会隔着窗子看到他们，每一次，他们扭完秧歌，都会结伴拿起扫帚，打扫小区的各个角落。他们中有很多腿脚都不灵便了，干活的时候显得有些吃力，但他们笑语盈盈，充满活力。他们总是说：到处干干净净的，多好。

这些朴素的心灵，在我的心头洒下阳光。我想或许我没有幸福，但我至少会成为一些流通的货币，在幸福的人手中传递。那些幸福，如此迅疾地传遍全身，输满记忆的血管。就想起韩剧里金三顺说过的话："生活就该这样啊，认真地吃饭、睡觉，认真地恋爱、幸福，认真地悲伤、释然。"

那个夜里下雪了，第二天清晨，我走在小区干干净净的街道上，看到了老人们堆的几个大大的雪人！生命多么美好，哪怕在这只有黑白两种颜色的天地，哪怕在这冷却了所有翅膀的冬天。在我清亮亮的心里，这些雪人永远不会融化，哪怕是到了春暖花开的时节。

我昂首走过了那个艰难的冬天，我不再哀伤地望着下午四点的夕阳，我知道，每个生命都有自己的轨迹，不论是喷薄而出的少年，还是如日中天的青春，最后都将急急地奔赴晚年，当夕阳西下，做一片缓缓落下的叶子。

缓缓落下的叶子，也可以随着风儿舞蹈。就像眼前的这些老人，有些笨拙地扭着秧歌，但却那样认真，一丝不苟，里里外外透着生命的不竭气息。

下午四点的阳光，终于安歇，不再挣扎，因为它知道，每一天都是一个生命的演练，就连夜晚的睡眠也不过是死亡的预演，轰轰烈烈也好，安安静静也罢，终要仔细地去度过这分分秒秒。

这滚烫的落日像一只即将熄灭的烟斗，在熄灭之前还要被世人狠狠地吸上几口，留到夜里提神醒脑。当它平心静气地熄灭自己，便不再令人感到悲伤。

那些老人让我懂得，如果你热爱生命，你的黄昏便和清晨一样光鲜，你的生命就没有天涯。

日子短了，不自觉地就懂得珍惜时间了。在变短的日子里学会了精打细算，日子反倒精致了许多。

日子短了，我们还会把它抻开。

人生短了，我们却可以将自己的背影拉得很长。

逃跑的森林

一棵树在奔跑，因为一把斧子的追赶。

一片树林在奔跑，因为两把斧子的追赶。

一座森林在奔跑，因为一群斧子的追赶。

可是森林能逃到哪里去呢？

《伊索寓言》里有一个关于树和斧子的故事：

一个人来到森林里，请求树给他一根树枝做斧子柄。树答应了他的请求，给他一根小树枝。他用小树枝做成了斧子柄，完好地装在斧子上，接着抡起斧子砍起树来。他很快就砍倒了森林中最贵重的大树。一棵老橡树悲伤地看着同伴被砍毁，无能为力，对身旁的柏树说：“我们是自己葬送了自己。如果我们不给他那根小树枝，他就无法砍伐我们，也许我们能永久地站立在这里。”

树木用它们的慈悲换来了人类的残忍。

鸟们纷纷逃离，为找寻它们的天堂不忍收起翅膀，做一刻的歇息。

作为护林员的父亲一辈子疼惜树木，他常常在林子里字正腔圆地唱他的京剧，常常偎依着树木来上一觉，醒来后习惯地拍拍粗壮的树干，那样子好像在说：嘿！谢谢了。

父亲叮嘱我说，无论我们怎样寒冷，也不能砍倒一棵树来取暖。

可是怎么办呢？离开父亲之后，我在遥远的城市里渐渐养成了奢侈的习惯，对灯红酒绿无限向往，对纸醉金迷趋之若鹜。我喜欢盖着厚被，把空调温度开到最低；我有洁癖，上一趟厕所要用一卷卫生纸；我吃饭爱讲排场，一顿饭不剩下一半倒掉心里就不舒服；我穿衣爱赶时髦，家里有五个衣柜还放不下；我腿脚犯懒，五百米的路程也要坐车。

有统计数字显示，占世界人口百分之五的美国人，消耗的能源几乎占世界的百分之二十到百分之二十五，也就是说，按照美国人的消费水平，全世界能源只能满足十亿人的需要，但全世界有六十五亿人口，那么五十五亿人口都得饿死！但美国人显然不愿意减少自己的能源消耗，降低自己的生活水平，也不愿意理解他们的富裕生活造成了第三世界每年一千四百万儿童的死亡。

这个世界总有一些不在我们视野中的贫困者和流浪者，他们食不果腹衣不蔽体，可是有人吃着黄金宴、果子狸和人体盛，那个时候，世界是冰冷的。这冷沿着蜿蜒的伤口像蛇一样爬行，先冻结皮肉，再咀嚼骨头。

高楼已高过世上任何一种植物，人们攀着它金属的茎叶在空中栖息。那寒冷的世界，把所有的梦想都僵硬成标本。

弘一大师过午不食，一条毛巾又黑又破还不扔，因为牙刷是用猪鬃做的，就改用一根小树枝代替。

弘一大师的简约无人能及，其实浮华的人生来源于浮华的内心，能做到像弘一大师那样保持内心平静的人是幸福的。也正因为如此，我才在离开父亲的第十一年里重新记起了他的话：“无论我们怎样寒冷，也不能砍倒一棵树来取暖。”

看过一幅油画——《地球上的最后一位画家》。画面上一位画家在黄昏里精心地描绘着这个世界，可那是个什么样的世界啊！满目荒凉，沙漠纵横，画家在他的画板上只能画出一块块石头和他自己瘦削的背影。这是谁惹的祸？当然是人类自己。人纵容着自己手中欲望的斧头，纵容着一枚枚霸权的炮弹肆意蹂躏母亲的身躯。那个画家大概是想为后世留下点什么吧，劝诫或者警告，可是他已无力拯救。

世界上原有五百万到八百万种植物，至今已有一百六十万种被识别出来，但也有许多植物在未被发现之前就已灭绝了。地球上的热带雨林被人类疯狂地砍伐，一方面是为了开垦牧场，另一方面是使用木材制作家具。雨林在以每小时二十四平方公里的速度被毁灭。每小时二十四平方公里，多么庞大的数字，照这个速度继续下去，到2050年，热带雨林将会全部消失！

那时，我们看到的将是一个遍体鳞伤的地球。

鸟们逃离了森林，生生不息地找寻着它们的天堂，其实它们真正要回到的天堂只有一个：人类不再贪婪的心灵！

什么时候用句号

我喜欢句号——快刀斩乱麻的句号，英明果敢的句号，直达彼岸，拒绝优柔寡断。

句号，可以把大段大段冗长的故事分割，像一级级台阶，慢慢通往故事的高潮。

我喜欢句号，从一个点回到一个点，一个圆满的圈。

句号，是最完美的人生。当然，不是那种以急刹车的形式出现的句号，而是缓缓出了一口气、尘埃落定时的句号。

不喜欢省略号——不负责任的省略号，省略了很多美好，省略了很多人的年少时光。

不喜欢逗号——啰里啰嗦的逗号、不得要领的逗号，往往把人领入歧途。

不喜欢叹号——煽情的叹号，只想着赚人的眼泪。当然，眼泪是某些人的救命稻草，是收视率，是票房收入，直接和物质挂钩。

不喜欢问号——故弄玄虚的问号，披着真理的外衣，却从不给人一个完整的解释。

有时候我在想，谁能在临终的时候说：“我走了，拜拜。”一个毅然决绝的句号，再不回头，与生命一刀两断，快意恩仇。

更多的人，走的时候，总是要用省略号的，像挥之不去的怅惘和伤感的泪滴，因为那么多的梦想还没有实现，或者，是因为你点了两盏油灯。（快掐灭一个吧，让他走得安心！）

这样的人，活着不轻松，死了也扛着扁担。

大师们都喜欢用句号，尤其是生命的晚钟敲响的时候。

叔本华用了轻巧的句号："死亡只是回到出生以前罢了。"

奥雷勒用了俏皮的句号："死也许仅仅是挪个地方。"

圣徒奥古斯丁用了自信的句号："死亡只是隐身，而不是缺席。"

罗伯斯庇尔用了掷地有声的句号："死亡是不朽的开始！"

龚古尔用了一针见血的句号："死亡对于某些人来说不止是死亡，而且是所有身份的结束。"

乔治·桑用了很别致的句号："被遗忘才是真正的死亡。"

诗人，什么时候用句号？

将鞋子束之高阁的时候，将翅膀卸下的时候，将爱情锁进抽屉的时候，将月光存入瓶罐的时候。

母亲，什么时候用句号？

回家的时候。

灵魂，什么时候用句号？

满目繁华但你却紧闭双眼的时候；尘嚣噪杂但你却耳根清净的时候；对时尚文明，你不再趋之若鹜的时候；不是枪响，而是放掉一只鸟的时候。

孩子，什么时候用句号？

睡觉的时候；今天的事情今天做完的时候。

“老师，什么时候用句号？”

“一段话说完的时候。”

“可我还想说，想一吐为快，怎么办？”

“那就另起一段，重新开始。”

那是我生命中接触到的最早的哲理：句号不是结束，是为了另起一段，是为了重新开始。

白天打扫，夜里祈祷

祖母走后，所有的光亮都减了一半。

从此，我总是喜欢躲在黑暗里哭泣。白天，拉上厚厚的窗帘；夜里，关闭所有的灯。

坚强的父亲摩挲着我的头，让我不要太过悲伤。白天，他为我拉开窗帘，让阳光赶跑暗；夜里，他为我打开灯，让灯光吃掉黑。

“为奶奶祈祷吧。”父亲说，“用你的祷告为她铺一条平坦的通往天堂的路。”

“嗯！”我含泪应着。我知道，一直宠爱我的祖母，是不希望我居住在生活的背面的。

祖母是个勤快而干净的人，干净得似乎有了“洁癖”。她很少闲下来，一天之中，手里大部分时间都拿着扫把，扫地成了她乐此不疲的“娱乐”。她与灰尘势不两立，总是拿着一块抹布，东擦擦，西擦擦，把屋子里拾掇得窗明几亮。小时候，看着祖母不停地做着家务，总是突发奇想：扫地的扫把会累吗？擦玻璃的抹布会疼吗？小孩子的心思就是怪，不心疼祖母，却心疼一只扫把、一块抹布，甚至天上的一朵云。“奶奶，我把那朵云摘下来，给你当抹布好不好？”那是孩提时自以为是的笑话，说完便“咯咯咯”地笑个不停。祖母却不笑，她说：“要把它留在天上，不然天空该脏了。”

祖母的命运，就像一只无底的杯子，从来没有填满过一次。

在那个年代，祖母被冠以“扫把星”的名号。“扫把星”都是“克夫”的，嫁给祖父之前，她已经接连“克死”了两任丈夫，且都没来得及留下后代，而最后，祖父也没能逃脱被她“克死”的命运，婚后便被征兵去了前线打仗并死在了战场上。所幸祖母给爷爷留下了唯一的后人，也就是我的父亲。

打此之后，祖母也开始怀疑自己的命运。的确，自己就像对扫把“情有独钟”一样，每天都会不自觉地拿起放下，放下拿起，难不成自己真的是“扫把星”吗？她似乎认了自己“克夫”的命，再没有改嫁，专心养育我的父亲。她靠给别人洗衣服、糊纸盒维持生计，甚至去捡垃圾、当乞丐，直到把父亲养大成人。父亲一寸寸地长起来，祖母便一寸寸地矮下去，直到生命消亡。

父亲说，日子再苦，他看到自己母亲的脸上，也总是闪着愉快的光。

祖母的苦，就像她衣服上的补丁，一块接着一块，可是祖母衣服上的补丁，却并不难看，相反，让人喜爱。那是我最早佩服祖母的地方，因为她能将补丁缝补得如艺术品一般，让衣服上的一个个漏洞转眼间变成了一朵朵莲。我想，她对待衣服上的“洞”，一如对待自己的伤口吧。那些揪住她不放的苦，咬着她，让她千疮百孔，可是她懂得用一个个坚强的笑脸去缝补它们。

祖母一生都在不停地打扫，我想，那是她在努力打扫时光里的苦楚，擦拭命运里的阴霾吧，使一个个日子变得明亮而欢快。

祖母走的时候，背驼得几乎快挨着地面了，她在无限地接近大地。这个不肯在命运面前下跪的人啊，一个躲闪不及就埋入了荒丘。

在祖母的墓前，我们放了一只扫把。我们每次来，都会把她的墓地打扫得干干净净。我们知道，祖母的一生，与灰尘为敌，因为她是一个扫把，是地面的云。

而云，是天空的扫把。

祖母走后，母亲辞职回家，接替了祖母的活计。母亲打心眼里一直看不惯祖母的“洁癖”，可是现如今，她的身上却越来越多地有了祖母的影子。只是住进了楼里，很少再用扫把了，经常映入我眼帘的影像是：母亲如一个奴仆，跪在地板上，擦拭着一地的碎语流光。

母亲继承了祖母的干净利落，使得家里的物什总是闪着亮晶晶的光。我知道，那光里，亦有祖母的灵魂。这两个伟大的女人，正在将干净温暖的日子一脉相传。

如果有人好奇地问我：“你为何如此快乐，你过着怎样的生活？”我想我会怀着幸福的心告诉他：白天打扫，夜里祈祷。

白天可以仰望云朵，夜里可以看到月亮，这就是最简单的幸福了。

云的使命，是让天空变得干净；月亮的使命，是让人间变得柔软。不停打扫着天空的云，常常会滴下疲惫的汗水来；惨白的月亮也见证着自己的劳苦。现在你该知道，让那些有着暗影的心一寸寸变白，让那些僵硬的心一寸寸变软，是一件多么艰辛的事。

“白天打扫，夜里祈祷，那岂不是修女一般的生活？”好奇的人不置可否。

我说是的，这修女一样的生活，看似枯燥无味，却在使这个世界变得洁白、纯净。白天因打扫而干净，夜晚因祈祷而温暖。

现在，想念祖母的时候，我就会抬头望天，看那一朵朵云。祖母在天上，肯定改不了爱干净的癖性，她肯定变成了一朵云，去做名副其实的“扫把星”了吧，她在天上忙着打扫，让天空一尘不染，甚至不留下鸟儿飞过的痕迹。

的确，祖母有必要留在天上，不然，天空该脏了。

被典当的青春

人到中年，总是忍不住回过头去，想看看身后青春的靓影，可是遍寻不见，只有一串歪歪扭扭但总算没有跑偏的脚印。

青春，终是离我远去了。所幸，那青春里散发的青草的味道还在。

最远的青春是童年。

小伙伴用三五颗糖果，换了我的一本小人书。糖果吃没了，小人书不见了，我又用三五颗糖果，把它换了回来。小人书看过很多遍了，可还是舍不得把它放到别人那里，还是喜欢放在自己的枕头下面。

喜欢将丢弃的圆珠笔芯放到水里，水面荡漾起一圈彩色的涟漪，那是把蓝色剥离后的颜色，是阳光的颜色。没有人在意这小小的污染，只当那是一个孩子，色彩斑斓的心。

讨厌一个人，会在一面墙上写上他的名字，然后写几句咒骂的话。过几天，两个小伙伴和好如初，又偷偷地跑来，把那个名字涂掉，换成另一个人的名字。直到我们渐渐辨别了是非，渐渐地长大。

现在，还会有小人书那样喜欢的东西吗？一本书，怕是翻了几页就迫不及待地扔到一边去了吧；现在，讨厌一个人，怕是一辈子不会再喜欢得起来了。刻满刀痕的木门涂上油漆，就可以瞒混过关，照样卖个好价钱，可是人心的裂缝，要涂上什么，才能显得完好无损呢？

最疼的青春是爱情。

青春年少，不懂珍惜。你在，我就与你牵手，一刻都不想松开，一副离开你就无法活下去的模样。可是和你分开，我却也不伤感，我给自己的安慰是，这样可以独享思念的芬芳。

春天有多少伤口都不怕，因为坚信，在夏天会找到一块块补丁。

吵架拌嘴就像夏天的麻雀一样必不可少，不管不顾地在纯洁的爱情里泼谎言的脏水，就像在雪白的墙上钉钉子，你是心疼那钉子，还是心疼那无辜的白？

爱情其实只是一颗不知道名字的果，被涂上了红晕，看着诱人，但只有吃下去才知道里面是酸还是甜。而所谓的婚姻，不过是风花雪月正在凋零，柴米油盐长势日盛。

现在才知道，生活，不都是光洁如新的，也有生锈的一面。

那个时候不知道为什么，一看见别人弹琴，就有一种莫名的冲动和兴奋涌上心头，甚至流淌出一股流泪的喜悦和感动。于是我也去买了吉他，购了曲谱。一切准备就绪，感动和眼泪却没有水到渠成地涌来。人，总是习惯旁观的啊。

这并不妨碍我爱一切唱歌的人，爱一切在我窗前、借我的窗玻璃拢一拢头发、展露笑容的人。尽管，我已是一个靠回忆才能触摸到青春额头的人。

青春里习惯了挥霍，因为一切都还可以重新来过，所以肆无忌惮地绽开，恬不知耻地怒放。曾经的青春，被我典当给了谎言、烈酒、霓虹、八卦……我把大把的热情都付与了青春，它却只给我打了一张白条。多少年过去了，时光依旧死乞白赖，不肯还债。

现在，我把青春典当给了回忆，什么时候，我还能赎它回家？

灌木丛上会落下星星

生命中有太多的刺痛和悲伤，使得那些美好更为深重。你是否依然愿意相信那些美好，并且等？

我愿意。

我愿意，我相信，灌木丛上会落下星星；冬天，穷人的房檐上，会铺满钻石。

我相信岁月，相信时针、分针和秒针，顺着同一个方向，分别如蜗牛、乌龟和梅花鹿的步子，追赶着看不见的美好。

我相信爱的存在，它温暖的是你日渐凋落的灵魂，也温暖着他人疑虑重重的眼神。

我愿意相信一个承诺，并且等。等待，使所有的冬天和生命温暖。

如果可以选择，身体的其余部分都可以老去，都可以被收割，唯有一颗心，请让我保持童真。我只想用这样的心，去贴紧世界，哪怕世界对我薄情，我亦不会寡义。世界广阔无边，但命运给予我的，是一条窄窄的小道。我不抱怨，容得下我的双脚即可，我一样可以漫步或者小跑。

这样，我会爱上一只鸟，死心塌地地爱上一只鸟。黑洞洞的枪口，通着地狱，我不怕；黑压压的暴风雪，会压垮森林，我不躲。我只想，在它的翅膀下安家，在它的瞳孔里，在它的喙里，睡下。一只鸟，从来都不会那么复杂，能飞多高就多高，它的歌声，不必穿过云霄，不必抵达殿堂，它们不会翻你白眼，它们不会泼你冷水，它们不会勾心斗角，它们不会落井下石，它们不会伤害你，除非你是一只虫子，挑衅一般，从它眼皮底下大摇大摆地爬过。

这样，我会心无旁骛地坐在窗边，看漫天的乌云黑压压卷过来。捉到闪电的一刻，我闭上眼，但绝不捂上耳朵。我把随之而来的炸雷，当成是我，迎接美好归来的礼炮；而之前的闪电，被我囚禁于内心的牢笼，那是独属于我自己的烟花。

这样，我会安安静静读完一首诗，听完一首曲子；拿一块最干净的手帕，擦拭所有花的叶子；会给蚂蚁搭一个过街天桥，让它们畅通无阻地搬运食物和光阴。

尽管通向美好的路，并非坦途，“匪患猖獗”，枝节横生。有人说现在的我没那么执着了，是件好事。我可以安然放下许多，一颗心好像也结了痂，看到一幕幕悲欢离合不再感叹唏嘘，不再为掉光了叶子的光秃秃的树杈而感到悲凉，不再为听到和看到的各种天灾人祸而乍然心疼；练就了火眼金睛，一眼就能戳破煽情者戴的面具；也不再在沿街乞讨的流浪儿童面前驻足不前，而是如风一般旋过，给那些可怜人的心头捎去一场不小的风暴。去火车站买票，一个抱着小孩的中年妇女满头大汗，想要插进排队的人群。孩子哭闹得厉害，排队的人置若罔闻。几次插队未果，中年女人略显尴尬，但我心里知道，该尴尬的不是她，而是我们。

一条毛毛虫，惹来一个女人的尖叫。毛毛虫就那么可怕吗？你可以穿着貂皮，戴着狐狸围脖，那么多毛茸茸的死去的动物皮毛穿在你身上，你就没有害怕过吗？

尽管如此，我依然相信，美好的列车，终会徐徐驶来。

你看，谁说交警只会开罚单，他们也会蹲下身，帮一个孩子把鞋带系上；你看，扫大街的阿姨，离老远就停下，等我们走远，再挥动扫把，她在扫去我们心上的尘灰；你看，一个西装革履的男人，帮一个骑三轮车的老人推着车，我则牵着一个陌生孩子的手，走过马路。“朋友，你好！”

我们擦身而过，互致问候。爱是可以产生对流的，善意是可以抱成团的，那个冬天，我们都不冷。

爱和信仰一样，相信，才能看得见。三叔家“二师兄”的爱是尽量将自己吃得白白胖胖，以便年关它的主人能多得几斤鲜肉多换几锭银子；二婶家芦花鸡的爱是挤兑别的小母鸡多吃多占多下蛋；狗剩儿的爱，是可以为了给祖母弄一副上好的棺木而将他老爸的绵羊皮袄偷偷卖掉；老妻的爱，是每日里不厌其烦地为她的男人炮制一顿可口饭菜外加一壶老酒；老夫的爱，是从不做饭也从不忘记对老妻的饭点赞……

能说出来的都不够美好，言语是情绪，有风波才会大声。真正的美好，都是无言的，像睡眠。我看着过去，也是无言的，像睡着了的过去。

那么，为了美好，此刻，请让我暂且闭上嘴巴。我去看望我的灌木丛，看看上面是否落下了星星！